DISCO QUEEN

STÉPHANIE JANICOT

DISCO QUEEN

ou
l'indispensable légèreté de l'être

roman

ALBIN MICHEL

À tous ceux qui souhaitent introduire
un peu de légèreté dans leur vie
Aux fans de disco
Et bienvenue à tous les autres

« Stayin' alive »
(Bee Gees)

Il n'y avait rien encore, ni élan, ni flamme, ni même un soupçon de désir dans son regard, lequel considérait d'un air las l'homme en blouse blanche qui tournait, retournait ses fiches comme s'il tentait d'en apprendre par cœur les paroles. Coronaires, artères. Rime pauvre. Infarctus, stents, chance, hélas, leucémie. Allitération en s. Ne pas s'angoisser, surveiller. Vivre.

– Combien de temps ? a-t-elle demandé.

Elle n'était plus si jeune, Soizik Diwan. Ses heures de gloire dataient des années soixante-dix, quatre-vingt à la limite. Son corps s'était affaissé, sa respiration raccourcie, ses traits chiffonnés.

Le médecin a manifesté une certaine surprise, elle semblait si hagarde, paraissait ne rien comprendre. Il a bafouillé, s'est rétracté :

– Ce sera à confirmer bien sûr. Si tel est le cas, il faudra prendre des précautions. Le mot fait peur mais il recouvre des réalités variées, pas forcément létales.

C'était assez pour qu'elle s'inquiète. Quel traitement ? Chimiothérapie, radiothérapie. Rime riche. L'homme de l'art a secoué la tête :

– Rien de tel pour l'instant, nous allons surveiller. Pas d'affolement.

Il a déversé une nouvelle salve de son vocabulaire technique. Myéloïde, lymphoïde. Anémie, hypogammaglobulinémie. Rimes suffisantes. Il a insisté de nouveau. Pas d'inquiétude. Précautions. Premier temps. Nouveau bilan sanguin avant toute chose.

Il s'apprêtait à sortir. Elle l'a rappelé :

– S'il vous plaît, docteur.

– Oui, madame ?

– Qu'on ne dise rien à mes filles. Ni à l'une ni à l'autre. L'infarctus leur a suffi.

– Bien, madame, je comprends.

Lorsqu'il est sorti, elle a reposé la tête sur l'oreiller, fermé les yeux.

Du fond de son hébétude, elle s'est sentie lourde. Comment était-elle parvenue à ce stade de délabrement ? Bien sûr, nous vivons conscients, croyons-nous, de notre finitude, de notre chance de respirer, de bouger, de sentir l'air sur nos peaux, le vent dans nos cheveux. Cette soi-disant lucidité n'est pourtant qu'abstraction car le jour où il nous faut abandonner ces attributs de la jeunesse, nous demeurons sonnés comme de vieilles cloches. C'était donc vrai, ces mises en garde, la santé n'a qu'un temps, et lorsqu'il est passé, c'est en vain que nous le regrettons.

Elle éprouvait la lassitude des pauvres, ceux à qui il manque trop pour espérer, ceux pour qui le glissement vers le bas paraît inéluctable. Bien sûr, elle allait tenter de résister, on lui avait suffisamment répété que la croyance négative accélère la chute, que l'angoisse, lorsqu'elle s'attarde, nous entraîne vers le pire. Les beaux jours n'étaient pas si lointains, elle aurait pu s'y accrocher. Mais elle n'avait jamais été légère. Dynamique, volontaire, oui. Car il lui en avait fallu, de l'énergie, pour se créer sa place.

Mais aujourd'hui son visage reposait, vaincu, sur l'oreiller. Son regard incrédule fixait le plafond. Comment sa vie pouvait-elle s'achever alors qu'elle n'avait été que si peu vécue ? Soixante ans sur terre pour quel bénéfice ? Quarante années de professorat, deux maternités, un divorce, quelques amitiés, une parfaite conformité aux attentes des parents, de l'Éducation nationale, du mari, des enfants, de la société. Une vie comme il en existait des milliers d'autres. Se pouvait-il qu'elle ait manqué un embranchement ?

Un pas nerveux, marqué par les sons de petits talons secs, s'est fait entendre dans le couloir. Une jeune fille aux cheveux châtain clair, longs, emmêlés, a fait irruption, porteuse d'un attirail volumineux, un blouson, une longue écharpe, un cabas rempli à ras bord, un sac à dos très endommagé. Elle a posé son barda au pied du lit, a prononcé quelques mots encourageants, faussement enjoués, comme le font généralement les visiteurs des grands malades, avant de claquer deux bises sur les joues douces de sa mère.

– Tu voudras que je te refasse ta couleur ?

– On verra lorsque je serai rentrée à la maison.

– J'ai un nouveau jeu de divination, tu veux voir ?

– Oui, montre-moi.

Yanne, la fille cadette, avait vingt-huit ans, un travail fixe au conseil régional, section écologie-environnement, des yeux marron pétillants tirant sur le vert les jours de beau temps, une fossette accorte.

En se penchant pour fouiller dans sa besace, elle a fait tomber son blouson. Le contenu des poches, clés, lunettes, papiers, mouchoirs, masques, s'est répandu sur le lino.

– Les choses sont contrariantes, a-t-elle soupiré.

Elle a fini par attraper une boîte de cartes large format dont le dos était illustré par un ange aux ailes déployées.

– Tiens, choisis-en une de la main gauche, a-t-elle dit en les étalant face contre le lit.

Soizik, complaisante et lasse, a pioché en plein milieu.

– Alors ? a fait Yanne, excitée, en lui prenant la carte des mains.

Puis, ravie, elle a énoncé :

– « Party time ». Oh, maman, tu as trop de chance. « Party time », c'est court, c'est précis. Tu vas sortir d'ici et faire la fête. Tu te rends compte ?

De son œil éteint, la malade ne paraissait pas mûre pour envisager les années à venir comme une fête. Un cœur fragile, un mauvais sang, rien de réjouissant. « Party time » ! Par quelle alchimie pouvait-elle transformer un moment pesant, sans véritables perspectives, en espoir aérien ?

« We are family »
(Sister Sledge)

À la sortie du village de Breuil, entre le corps du bâtiment principal et le muret donnant sur la rue, la cour était si vaste qu'elle pouvait accueillir toutes nos voitures. La mienne, celles de mes filles Yanne et Chloé, de mon gendre Mickaël. Durant des années, ma mère avait vécu seule dans cette maison bourgeoise, aussi l'herbe avait-elle percé sous les gravillons, donnant presque l'impression d'un jardin. Nous ne lui rendions visite que deux ou trois fois par mois.

Ma mère et sa sœur cadette avaient passé là leur enfance. Ma mère avait hérité du lieu et j'y avais grandi à mon tour. Lorsque j'étais petite, mon père avait accroché une balançoire au chêne trapu datant de la fin du siècle précédent, unique arbre dans cette cour minérale. J'aimais aussi sauter à la corde. Plus d'une fois je me suis étalée sur les gravillons, trouant les genoux de mes pantalons au grand dam de ma mère.

Mes parents avaient été dévastés par le décès de leur première fille, morte à dix-huit mois d'une méningite. Une petite Françoise qui avait porté tous leurs espoirs. L'ange disparu trouvait son prolongement dans mon propre prénom, Soizik, diminutif breton du premier. Ma famille, matrilinéaire, se renouvelait avec une étonnante régularité : à chaque génération, deux filles, l'aînée portant un prénom français, la seconde un prénom breton. Ma mère, Colette, avait pour sœur cadette Anaïg. Ma grand-mère Alexandrine avait eu pour sœur cadette Rozenn. Ma fille Chloé, qui est l'aînée de Yanne, a mis au monde Lucie, puis Gwenola. Il n'y a donc que moi qui sois seule. Je porte Françoise, ma sœur aînée disparue, aussi sûrement que moi-même. Je la porte dans ma chair et dans mon prénom.

C'est un curieux début dans l'existence que de naître de parents tristes. La mort s'engouffre dans les nombreux creux de l'enfance. Si j'ai apporté de la joie, du mouvement, de l'impromptu dans ce foyer endeuillé, j'en ai hélas reçu l'inquiétude et le sens de la fatalité.

J'ai donc grandi dans cette maison dite « de maître » (comme peut l'être une maison un peu cossue dans une commune pauvre et rurale d'Ille-et-Vilaine), héritage de mon grand-père maternel notaire. Son activité professionnelle l'avait rendu prévoyant, il possédait un certain nombre de biens dans le département : un appartement familial dans le vieux Rennes dont ma mère avait aussi hérité, une ferme assortie de terres cultivables du côté de Paimpont, une belle maison à Saint-Briac, entrées toutes deux dans le patrimoine de sa sœur Anaïg. Le partage s'était fait naturellement, sans dispute. Ma mère avait épousé Alain, mon père, l'instituteur du village de Breuil, Anaïg un étudiant en agronomie, féru d'expérimentations agricoles. Tout s'agençait parfaitement.

Hélas, l'esthétique de l'accomplissement générationnel avait été de courte durée. Françoise était morte, et moi je me développais sous l'œil suspicieux et inquiet des deux endeuillés. Leur dos courbé, leur regard fuyant semblaient dire : « Si la vie vous donne d'une main ce qu'elle vous reprend de l'autre, comment s'attacher ? »

Colette, ma mère, se prétendait trop vieille pour l'entretien de cette habitation démesurée. Lorsque ma fille Chloé, professeure de mathématiques, jusque-là en poste dans la banlieue est de Rennes, avait été affectée au lycée de Montfort, à quelques kilomètres de Breuil, j'avais trouvé opportun de lui suggérer de s'installer chez sa grand-mère avec son mari et leurs deux filles, Gwen et Lulu, des petites relativement sages. Ma mère leur avait laissé le deuxième étage sous les toits. La cohabitation avait paru satisfaisante. Ma mère n'était pas du genre à se plaindre. Voilà quelques mois, elle était tombée dans l'escalier. Traumatisme crânien, fracture des cervicales. Elle était décédée à l'hôpital quelques jours plus tard sans avoir vraiment repris connaissance.

Le choc, le chagrin ne m'avaient pas empêchée de conserver une certaine lucidité. Alors que le cercueil de ma mère venait d'être déposé aux côtés de celui de mon père dans le petit cimetière de Breuil, surplombant les champs de blé, j'avais annoncé que je reprendrais sa chambre, au premier étage, cette suite conjugale qui fut brièvement celle de mes parents, mais surtout celle de mes grands-parents, dotée d'une belle salle de bains adjacente et de deux petites pièces dont l'une fut ma chambre d'enfant. Ainsi avais-je revendiqué mes droits. Chloé n'avait pas osé protester mais sa triste figure n'avait pas pour seule cause le trépas de sa grand-mère. Elle avait tenté :

– Vraiment, maman, tu vas faire le trajet tous les jours ? C'est au moins cinquante kilomètres l'aller-retour.

– Ma retraite est dans moins de trois ans. Je vais aménager ces pièces à mon goût pour qu'elles m'accueillent en temps voulu. Je ne vous chasse pas, mes chéris. Je ne prendrai pas plus de place que mamie Colette.

Il ne m'échappait pas que Chloé avait espéré récupérer la maison tout entière pour sa famille. Hélas, j'avais trop peu économisé au fil de ma carrière pour pouvoir m'offrir une nouvelle demeure. Le pécule que ma mère me laissait me permettait d'envisager des travaux d'aménagement conséquents certes, mais pas davantage.

À présent, je ne pouvais que me féliciter d'avoir réservé cet espace. Le cardiologue venait de me mettre en affection longue durée, sans me cacher qu'il s'agissait d'attendre ainsi ma retraite. C'en était terminé de l'enseignement. L'histoire-géographie, l'avenue Janvier, le lycée Émile-Zola, l'appartement de la rue Saint-Georges, à deux pas du parlement de Bretagne ; tout ce qui avait composé ma vie s'apprêtait à sombrer dans le magma d'un passé sans relief.

Dans le vestibule d'entrée, la canne de mon grand-père notaire jouxtait l'imperméable Burberry beige de ma mère, son parapluie à tête de canard, les bottes jaunes de Gwen et Lulu, un anorak bleu m'ayant appartenu en 1976, exhumé par la femme de ménage pour les jours où il lui fallait jardiner dans le froid, et bien d'autres vestiges relevant de diverses strates d'occupation de la maison depuis ses origines. C'est curieux comme les objets tentent de combler les vides laissés par nos disparus. Je n'ai pas réussi à savoir si je devais considérer leur présence comme un crève-cœur ou comme une consolation. Depuis que ma mère avait déserté la maison, je ne pouvais maîtriser ce serrement de gorge lorsque j'entrais dans le corridor. Cette tristesse n'était sans doute pas étrangère au poids sur mon cœur, au poison dans mon sang, aux maladies associées. Mais, ce soir-là, une nouvelle pensée germait : la perte ne pouvait signifier éternellement la perdition, je devais la considérer comme une tabula rasa, une page blanche, synonyme de renouveau et d'invention. Colette avait des idées arrêtées sur la décoration de son intérieur, rien ne pouvait être déplacé, modifié sans susciter ses protestations. Désormais, je pouvais envisager de moderniser la cuisine et la salle à manger à mon gré, et repenser le style du salon. Quant au premier étage, je pouvais tout refaire, la chambre, la salle de bains, transformer les chambres d'enfant en dressing et en petit bureau. L'espace pour les amis qui fut celui de mes parents dans leurs jeunes années pourrait rester tel quel. Au deuxième étage, la famille de Chloé déciderait pour elle-même.

Toutefois ces aménagements n'étaient rien comparés à mon nouveau projet. Comment était-il né ? De cette carte tirée à l'hôpital ? D'une inspiration soudaine ? Du monde à feu et à sang qui pulsait autour de nous ? D'un besoin de vie, voire de survie ? Rien que d'y penser, je retrouvais mes excitations d'adolescente. Dans la cour, sur la gauche, il y avait eu jadis un hangar abritant des machines agricoles. Mon grand-père notaire n'en ayant pas eu l'utilité, il l'avait laissé à l'abandon. Étrangement, ce bâtiment était doté d'une vaste cave voûtée qui rejoignait, par un jeu de couloirs moyenâgeux, les autres caves de la maison – peut-être les concepteurs de cette vie souterraine avaient-ils eu leurs raisons, des activités à dissimuler, des gens à cacher.

Nous étions réunis autour de la table familiale, une belle pièce de mobilier des années cinquante. Autour de moi, Chloé et Mickaël, Gwen et Lulu, Yanne, l'esprit de Colette peut-être – il était si étrange de nous retrouver là sans elle. Pour une fois, mes filles s'étaient entendues pour cuisiner ensemble. Je mesurais l'exploit et pouvais imaginer les interminables négociations préalables entre la carniste et la végétarienne jusqu'à ce qu'elles parviennent à élaborer ce tagine aux œufs, aux oignons et à la tomate. Je les observais un à un. Mickaël, aux yeux et cheveux sombres, pommettes hautes, comme certains Bretons du Finistère sud, que les chercheurs tentent de rattacher aux invasions mongoles. Mes filles, claires de peau, héritage de leur père à l'allure viking, aux yeux noisette, comme moi. Et mes petites-filles, bien brunes comme leur papa, des yeux clairs pour Lucie, noirs pour Gwenola.

Yanne avait une manière brusque et exaltée de s'exprimer, Chloé une expression plus sourde, plus morose. Je me laissais bercer par leurs discussions, chacun la sienne, comme si nous ne faisions pas table commune : la prochaine campagne anti-pesticides de Yanne, *La Petite Fadette* racontée par Lulu (presque douze ans), les blagues Carambar de Gwen (neuf ans), les récriminations de Chloé sur le niveau de ses secondes en mathématiques (nul) et celles de Mickaël, prof d'EPS, sur le délabrement physique de la jeunesse d'aujourd'hui (obésité, mollesse, mauvaises postures, etc.). Tout cela me paraissait lointain, comme si mon dernier cours sur la décolonisation ne datait pas du mois précédent. Je me sentais ailleurs. Selon toute vraisemblance, je ne réintégrerais jamais mon appartement rennais de guingois. Je repensais à Éric, lorsqu'il n'était pas encore mon époux mais seulement ce petit copain attentionné de dix-huit ans auquel son père répétait : « Celui qui n'avance pas recule », lui-même ayant eu fort besoin de ce mantra. Nous devions alors avancer sur le chemin de la vie, comme Orphée, résister à la tentation de regarder en arrière, sous peine d'envoyer notre avenir aux enfers. Nous devions apprendre à vivre avec des œillères. Moi aussi je me répétais cette phrase plusieurs fois par jour afin que cette attitude volontariste devienne une évidence. Même passé soixante ans, ça valait la peine de lutter pour se tourner vers cette seule direction envisageable. « Regarde devant toi, ma fille », disait ma mère lorsque nous allions faire nos courses à Rennes. J'étais distraite et manquais de me prendre les pieds dans les irrégularités des trottoirs. *Regarde devant toi, ma fille*.

Lorsque tous ont eu fini de raconter leurs histoires, ils se sont tournés vers moi. Je n'avais rien à raconter, hormis des histoires d'hôpital qui leur auraient déplu. Je me suis contentée de dire :

– Puisque mes cheveux ont tant blanchi, je vais cesser de les teindre, et plutôt hâter le mouvement. Il existe de beaux blancs. J'irai chez Karine demain étudier la question et refaire ma coupe.

J'ai vu leurs expressions compassionnelles. Je pouvais les entendre penser : *Ah comme le monde rétrécit lorsqu'on prend de l'âge*. Ils croyaient porter leur regard sur la société en général, je ne voyais que mes cheveux. Quelle ancêtre égoïste allais-je devenir ? se demandaient-ils.

– Blanc, ça ne va pas te vieillir ? a hasardé Chloé.

– C'est beau le blanc, s'est exclamée Gwen, et si ça plaît pas à mamik, elle pourra toujours faire une autre couleur.

– Voilà qui est sagement pensé, mon petit chat, ai-je approuvé. Je pourrai toujours revenir au brun, ce sera plus facile que d'obtenir un blanc pur.

J'ai toujours aimé cet âge délicieux des enfants, lorsque l'amour qu'ils nous portent est inconditionnel. Je me suis tue quelques secondes. J'ai pensé que, tant qu'à les sidérer, c'était le bon moment pour les informer de mes projets. J'ai inspiré profondément, et annoncé :

– Je vais faire transformer le hangar.

– Tu vas te faire une nouvelle maison ? a demandé Lucie, exprimant sans doute ce qu'espéraient ses parents.

– Non, ma Lulu, ma maison, elle est ici. C'est là que j'ai grandi, comme toi. Dans le hangar, je vais lancer une nouvelle activité.

– Une nouvelle activité ? a répété Gwen dont les yeux brillaient.

– Absolument. En rez-de-cour, je vais faire un salon avec un bar. Le dernier café du village a fermé il y a quinze ans, c'est honteux d'être le seul village de France sans même un café. Je verrais bien des fauteuils clubs à l'ancienne, j'irai faire les brocantes. Et dans la cave…

– Dans la cave ? a répété Lulu.

Tous semblaient suspendus à mes paroles.

– Dans la cave, il y aura une discothèque, ai-je asséné, plus vindicative que je ne l'aurais voulu.

Après tout, je n'échafaudais pas mes plans contre eux, mais pour moi.

– Quoi ? se sont exclamées en même temps Yanne et Chloé, l'une enthousiasmée, l'autre horrifiée.

– Vous m'avez bien entendue : une vraie boîte de nuit avec une boule à facettes et de la vraie bonne musique !

– C'est quoi de la vraie bonne musique, maman ? a demandé Yanne qui reprenait ses esprits plus vite que son aînée.

– Du disco.

Au moment où je prononçais ce mot, j'ai compris qu'il y avait aussi cela dans ma perte : cet allègement qui rendait les rêves réalisables. Il restait long à parcourir avant d'atteindre la légèreté absolue de ceux qui n'ont plus rien à perdre, mais c'était le début de quelque chose d'intéressant, d'inédit. J'ai pensé au groupe Sister Sledge, qui chantait « We are family ». Je ne pouvais pas dire : *I've got all my sisters with me*, car de sœur j'avais été privée. Mais, comme elles, je pouvais clamer : *High hopes we have for the future… we don't get depressed…* Non, je ne me laisserais pas déprimer et j'entraînerais ma famille avec moi.

– Oui, mes enfants, une discothèque pour les samedis soir ! Il est temps que ce trou perdu sorte de sa torpeur. Dortoir de Rennes n'est pas un destin enviable pour un village dont l'église date du XVe siècle.

– Je ne vois pas ce qu'une discothèque a à voir avec le XVe siècle, a riposté Chloé sur un ton pincé. Et toi, maman, tu as l'intention de tenir un bar et une discothèque ? Il y a moins d'un mois, on t'emmenait en urgence à l'hôpital avec un cœur à l'arrêt, si le type dans la rue n'avait pas connu le massage cardiaque, tu ne serais même pas là en train de nous parler, et maintenant tu veux danser sur des tubes ringards ?

– Je te trouve bien condescendante avec la musique de ma génération. Le disco que tu juges ringard est le précurseur de tes boum-boum électroniques.

– Si tu crois que j'ai eu le temps d'aller me trémousser sur des boum-boum électroniques ! Je bosse depuis que j'ai dix-huit ans et j'ai une famille à nourrir ! Parle pour Yanne.

– Moi aussi je travaille depuis que j'ai dix-huit ans, a protesté Yanne, mais ça ne m'empêche pas d'adorer le disco, et toute la musique des années quatre-vingt. C'est génial comme idée ! Compte sur moi, maman. Les boîtes de Rennes sont tristes à mourir, je t'amènerai du monde.

– Dans notre cour ! a asséné Chloé. Vous imaginez tous ces gens qui vont boire et hurler sous nos fenêtres ! J'ai des enfants à faire dormir, moi !

Chloé avait ceci de commun avec ma mère qu'elle

avait toujours su mettre le doigt là où mes désirs risquaient d'achopper. Elle avait hérité de son talent à détecter tout ce qui pouvait se passer mal dans une situation donnée. Et moi, depuis toute petite, j'avais appris à me recroqueviller pour ne pas risquer qu'il se passe quelque chose de grave en sortant de ma coquille. Il fallait que ce repli cesse pour que j'accomplisse enfin une chose qui m'appartienne en propre. Je devais me dresser contre l'évidence de l'échec.

– J'ai dit le samedi soir, ai-je répondu avec le plus de douceur possible. Ne te fâche pas, ma Chloé chou. Il faut d'abord que j'étudie le projet, que je demande des devis et peut-être même une autorisation en mairie, licence IV et compagnie. Tu as le temps de voir venir. Elles vont pouvoir terminer leur année tranquillement, tes petites.

Ces derniers mots m'ont surprise moi-même. Les yeux de Chloé ont reflété son incrédulité. Ainsi sa mère, sa propre mère, lui montrait la direction de la porte. En sous-texte, je venais de leur dire : « Vous vous adaptez à mes propositions ou vous partez, vous avez l'année pour y réfléchir. » Chloé était estomaquée. Qu'allait dire Mickaël ? Je pouvais les entendre penser : elle était si pratique cette maison tombée du ciel, à équidistance de leurs deux lycées. S'ils devaient emprunter pour acheter la leur, ils allaient devoir se priver de tout.

C'était tellement injuste. Alors que c'était si grand ici, conçu pour une famille et sûrement pas pour une cardiaque toute seule. Chloé s'est renfrognée. Lulu et Gwen se sont blotties contre moi.

– Tu nous laisseras danser avec toi ?

– Il va falloir vous mettre au disco, c'est la musique de ma jeunesse.

– On est d'accord, nous !

Délicieuses enfants. Ne grandissez pas, surtout.

– Quelle drôle d'idée, a dit Yanne à sa sœur. Tu savais, toi, que maman était fan de disco ?

– Non, a répondu Chloé, encore retournée par la lecture de ce premier chapitre.

Soizik le leur avait donné la veille. Que sa mère se soit lancée dans l'écriture d'un roman avait tout d'abord paru salutaire à Chloé. Elle était encore en phase de rééducation cardiaque lorsque l'hématologue lui avait annoncé qu'elle n'échapperait pas à une lourde chimiothérapie. Sa vie, dans les prochains mois, se limiterait à des allers-retours entre l'appartement de Rennes et le CHU de Pontchaillou. Si l'univers de la fiction lui permettait de s'évader, la famille ne pouvait que s'en réjouir. À présent, Chloé trouvait profondément injuste d'être reléguée dans ce rôle de rabat-joie et de profiteuse alors que toute sa vie elle s'était efforcée de contenter ses parents, de suivre la voie qu'ils avaient souhaitée pour elle, de les soulager dans leurs tâches lorsqu'ils avaient divorcé, de ne jamais les inquiéter, de se marier jeune pour ne plus être une charge et de se consacrer pleinement à ses filles pour ne jamais avoir à les solliciter.

Chloé s'était modelée pour devenir la fille parfaite, tentant d'atténuer les chocs provoqués par les frasques de sa sœur cadette qui, dès l'âge de douze ans, n'avait eu de cesse d'enchaîner les problèmes, blâmes, heures de colle, crises dépressives, consommation de cannabis, hurlements, fugues, scarifications, etc. Et voilà que sa mère la remerciait de ses loyaux services en brossant d'elle le portrait d'une fille vieillie avant l'heure, ronchon et égoïste. La boule qui s'était formée dans sa gorge pendant la nuit ne paraissait pas vouloir diminuer de volume. Non, décidément, ça ne passait pas. Chloé avait beau être inquiète pour la santé de sa mère, souhaiter pour elle la meilleure des thérapies et le plus prompt des rétablissements, elle ne parvenait pas à surmonter cette abominable déception.

« Shake your booty »
(KC & the Sunshine Band)

La coupe courte d'un blanc éclatant, structurée au gel fixant, me renvoyait une image de science-fiction. Pouvais-je devenir cette femme du futur, branchée, dynamique, techno ? La dernière fois que la stupeur de moi-même m'avait saisie, je sortais du Photomaton de la mairie de Rennes où je faisais refaire mon passeport. Sous les yeux, les poches, entre les sourcils, la barre creusée, autour de la bouche revêche, des parenthèses que je n'avais pas vues venir. Une vision d'horreur. J'avais pensé : *Comment cette vieille dame triste peut-elle être moi ?*

Ce matin, en prévision de la lumière brutale du salon, je m'étais maquillée. Je ne voulais pas me laisser déprimer. J'avais accroché le sourire, secret numéro un de la beauté instantanée. Mais comment le conserver toute une journée lorsqu'on n'a pas traversé son existence sur un mode jovial ?

Certes, j'avais connu l'enthousiasme en commençant ma carrière de prof d'histoire-géo. Il s'était vite émoussé. C'est une matière trop mouvante, les pays ne cessent de se reconstituer tandis que leurs démographies, leurs ressources, leurs économies, leurs régimes politiques varient constamment. Je devais sans arrêt réapprendre mes leçons, un travail de Sisyphe au service de cohortes de lycéens grognons. Mais la vérité crue est que je n'avais jamais désiré devenir professeure. Mon père en avait rêvé pour moi. Ma mère, associée à un certain sens du destin, ne m'avait pas laissé le choix.

J'ai souri à Karine, la jeune propriétaire du salon, un duplex exigu niché entre la pharmacie et la maison de la presse, coiffure au rez-de-chaussée, cabinet de soins esthétiques au premier étage. Karine était la fille de ma plus vieille copine, Nathalie, dite Nana, employée à l'étage par souci d'économie. Nana avait travaillé toute sa vie à épiler, manucurer, pédicurer les Rennaises pour le compte de patronnes sans bienveillance. Lorsque au décès accidentel de son mari, contremaître sur un chantier, elle avait touché une grosse somme des assurances, elle n'avait pas hésité à l'investir en faveur de sa fille : « Au moins, toi, tu travailleras pour toi-même ! » Karine avait été une étudiante un brin paresseuse. Le patronat la réveillait. Et Nana continuait à trimer, « pour la bonne cause », disait-elle.

Nana et moi nous étions connues en CE1. À six ans, j'arrivais directement de la maternelle, mon instit de père m'ayant inculqué les bases me permettant de sauter le CP. Après une brève bagarre liée à une partie de billes – aucune des deux ne saurait plus dire laquelle avait gagné, laquelle avait râlé –, nous étions devenues amies à la vie à la mort. Dès le CE2, la classe nous surnommait Ficelle et Boulotte, j'étais gringalette, Nana plutôt replète. Nous nous étions suivies jusqu'en quatrième au collège de Montfort. À partir de là, Nana s'était engagée vers un BEP d'esthéticienne, interne à Rennes. Lorsqu'elle ne travaillait pas le samedi, nous nous retrouvions à Breuil, le week-end il n'y avait pas tant de jeunes dans ce village pour que nous puissions nous offrir le luxe de nous snober. Depuis lors, la vie (professionnelle, familiale, sociale, citadine…) nous avait cahotiquement séparées, réunies, éloignées, rapprochées. Ces dernières années, Nana, qui avait déjà perdu ses parents, s'était occupée de ma mère, dont la maison était quasiment voisine du salon de coiffure. Au décès de Colette, la présence de Nana à cinquante mètres de chez moi avait été décisive pour projeter ma retraite dans ce village. Au moins aurais-je ma vieille copine pour m'amuser. Elle ne savait pas encore à quel point je comptais la divertir…

– Mais la pépé ! Regardez-moi ça ! s'est-elle écriée en descendant l'escalier. Ça te va du tonnerre ! Qui dit que le blanc vieillit ? Ma Soso, tu as perdu trente ans !

Je n'en aurais pas dit de même de son embonpoint, qui n'avait cessé de croître, ou de sa chevelure qui oscillait entre le pourpre et le rouge foncé – au moins était-elle assortie à ses ongles impeccables, ainsi qu'à ses chaussures.

– J'ai un trou d'une heure, tu montes prendre un café ? a proposé Nana.

– Carrément, d'autant que j'ai un projet dont je souhaite te parler.

Sans surprise, ma vieille complice a exulté :

– Une boîte de disco ! J'en suis ! Ouvre le vendredi, c'est le nouveau samedi depuis que les gosses du primaire n'ont plus classe le samedi matin. C'est définitivement le meilleur soir, tu souffles après le boulot, avant de consacrer le week-end à ta famille. Ce sont les très jeunes qui sortent le samedi, parce qu'ils n'ont pas le ménage et les courses à faire. Mais pourquoi choisir finalement ? Tu pourrais ouvrir les deux soirs, non ?

Elle en avait de bonnes. J'ai soupiré :

– Il faut pouvoir suivre.

– On est deux maintenant. On va trouver de l'aide. Déjà, on prend les gamins pour le vestiaire.

– Tu plaisantes ? Chloé me tuera si je fais bosser ses filles le soir.

– J'ai les gosses de Maxime. Leur mère n'est pas trop regardante, elle sera contente qu'ils se fassent de l'argent de poche. D'ailleurs, elle est un peu au chômage ma belle-fille, elle ne serait sûrement pas contre travailler au bar. Une petite qui gagne à être connue.

– Marylène ? Ce n'est pas d'elle que tu disais pis que pendre quand Maxime a voulu l'épouser ?

– Mais enfin, Soso, c'était il y a dix-huit ans ! Elle était jeunette, et moi, tu sais ce que c'est, j'avais pas envie qu'une femme me pique mon fils. Depuis, l'eau a coulé. C'est une chouette fille, elle a bien tenu sa maison, bien élevé les petits. Ce sont des ados très corrects. Héloïse a quatorze ans et Antoine presque treize. Ils collent impec avec ton projet.

– Très bien. Ma Yannouchka filera un coup de main, mais on ne pourra clairement pas compter sur Chloé. Quant à Mickaël, ce n'est pas un mauvais bougre, il pourra rendre quelques services pour un peu de maintenance ou porter des caisses, mais je ne suis pas certaine qu'il irait jusqu'à s'investir dans le service d'ordre.

– Un service d'ordre ? a répété Nana, hilare. Il y

a deux mille personnes dans ce bled, on connaît pratiquement tout le monde, à part ceux des nouveaux lotissements.

– Si on ne compte que sur les gens d'ici pour fréquenter la boîte, on est mort. On doit se faire connaître dans toute la région. Qu'on vienne même de Rennes ou de Ploërmel pour s'éclater disco.

– De Ploërmel ! Comme tu y vas ! Et pourquoi pas Pontivy ? Mais ok, je te suis. Comment elle s'appelle ta boîte ?

– Je ne sais pas encore, un truc comme *Dancing Queen* peut-être.

– C'est pas mal, simple, efficace, a approuvé Nana. Retour au dancing d'antan. On sera les divas du dancing !

J'ai contemplé mon petit ventre qui plissait sous mon tee-shirt trop moulant. Diva du dancing, tu parles ! J'avais été mince pourtant, je courais tous les dimanches dans les sous-bois à l'époque où les joggeuses ne disparaissaient pas au détour des fourrés. J'avais tenu le coup longtemps, mes jeans ajustés avaient réjoui mes jeunes élèves. Bien entendu, j'avais passé ma vie à fantasmer sur des repas sains et légers, composant dans ma tête de magnifiques assiettes de radis noir et de concombre assaisonnés d'une délicate sauce au gingembre, puis, au moment de préparer mon déjeuner, à réchauffer un bol de spaghettis bolognaise plutôt que de plonger des brocolis dans le cuit-vapeur. Or la vie finit toujours par vous présenter vos factures.

Nana a saisi mon regard critique :

– L'avantage quand tu n'as pas eu un corps de rêve, c'est que tu es habituée aux trucs qui pendouillent, tiens là, sous les bras, au-dessus des genoux, sur les hanches.

– N'en rajoute pas. Pour devenir des reines de la nuit, il va falloir suivre un programme de remise en forme très strict.

– Là, ton projet devient moins excitant, a soupiré Nana. Ne compte pas sur moi pour les pompes, les crunchs, les squats et tous ces bazars aux noms barbares. Il suffira de danser et tout de suite, tu verras, ça nous remettra d'équerre.

– J'ai besoin de me secouer. C'est ce qu'a dit le médecin. Faire travailler le cœur, décrasser les artères. *Shake your booty*, comme dit la chanson, *give yourself a chance, do your duty…* – « donne-toi une chance, fais ton devoir… »

– Fais-toi plaisir aussi. Crois-moi, il n'y a que ça de vrai, le plaisir. Penses-y avant de te concocter un programme de préparation aux Jeux olympiques. Bon, ma chérie, j'ai mon épilation maillot qui va arriver. Mais n'hésite pas à faire appel à moi. Et à ma pote Marion, tu sais, l'aide ménagère de la vieille de la Salle. Elle est à son service depuis le décès de l'horrible baron, il y a un bon paquet d'années déjà.

J'étais surprise de cette évocation : elle ne m'avait jamais dit que cette Marion était pour elle une amie si proche.

Nana a haussé les épaules :

– On ne s'est pas vues tant que ça, toi et moi, ces dernières années, enfin tu vois ce que je veux dire, pas au point de se raconter nos vies, nos copines, nos jules, tout ça. On a du blabla en retard.

En descendant l'escalier, j'ai mesuré le pouvoir des noms. De la Salle, les propriétaires d'un manoir assorti d'une maison de gardiens, de communs et même d'une petite chapelle. Les habitants du village n'étaient pas nombreux du temps de mon enfance, deux cents âmes à peine. Ils désignaient du nom de « château » la propriété, en lisière de forêt, éloignée d'un kilomètre et demi de la fameuse église du XVe siècle. « Tu y es déjà allée, toi, au château de la Salle ? » se soufflaient les petites filles à la récré. Il courait une légende maudite au sujet des De la Salle : les fils aînés mouraient avant d'avoir atteint vingt ans. Les châtelains avaient du reste perdu leur premier-né, bien avant ma naissance. Leur second fils, Marc, était plus âgé que nous, il entamait son CM2 lorsque nous entrions en CE1. Je le regardais avec curiosité car son histoire de fils de remplacement ressemblait à la mienne. Il paraissait toujours triste, pas à sa place. J'étais trop petite pour lui parler mais je croyais comprendre ce qu'il ressentait. Il se tenait raide, appuyé au mur, promenant un regard perdu sur les parties de billes ou de foot. L'année suivante, il avait intégré un pensionnat dans les Côtes-d'Armor (à l'époque nommées Côtes-du-Nord). Ses apparitions au village étaient devenues rares. À dix-huit ans, il était parti à Paris. Pour les gens d'ici qui ne disposaient même pas d'un car direct pour Rennes, la capitale paraissait encore très loin, il fallait rejoindre Rennes, prendre un train Corail qui mettait plus de trois heures à gagner la gare Montparnasse.

Les parents de la Salle n'étaient pas aimés. Le père faisait figure d'ogre, autoritaire, menaçant, mécontent. La mère, comme une souris craintive, osait à peine mettre un pied devant l'autre. Quelques années plus tard, une indiscrétion de mon père lors d'un repas dominical nous avait appris que Marc de la Salle était mort. « Ils n'ont vraiment pas eu de chance avec leurs garçons ! » s'était exclamée ma mère qui craignait sans cesse qu'il arrive malheur à sa fille survivante. De quoi était-il mort, le pauvre garçon ? Personne n'en savait rien, mais on voyait parfois Mme de la Salle errer dans la campagne, avec un fichu sur la tête comme une paysanne, sa grosse veste en mouton retourné et ses bottes vertes de chasseur.

Je n'avais plus pensé aux de la Salle depuis bien longtemps. Ainsi la baronne était toujours vivante. Quelle solitude que la sienne, là-bas, dans son manoir de tant de pièces – dix-sept, selon Marie-Angèle, la femme de ménage de mes parents, qui avait travaillé deux ans chez les châtelains lorsqu'elle avait vingt ans. Il est des personnes sur lesquelles la vie s'acharne. En vieillissant, Mme de la Salle n'avait donc eu d'autre choix que de s'attirer une compagnie à demeure, sa maison était si tortueuse, si isolée. Marie-Angèle disait que la chambre de bonne au deuxième étage était grande et ensoleillée, que ce n'était pas un mauvais job. Mais une fille comme Marion qui travaillait toute la semaine à l'entretien d'un manoir immense et d'une vieille rabougrie aurait-elle le cœur à donner un coup de main dans une boîte de nuit le week-end ?

Chloé en avait les larmes aux yeux. Sa mère savait pourtant que Yanne ne manquerait pas de lui faire lire ces pages. Pourquoi fallait-il qu'elle s'acharne à ce point sur son personnage ? Avec l'apparition de Nana dans le roman, Chloé se décida à la mettre dans le comité de lecture. La réaction de la vieille copine fut conforme à ce que l'on pouvait attendre d'elle :

– Quelle bonne idée ! s'exclama-t-elle. Une discothèque, ça nous réveillerait Breuil !

– Il n'y a pas un truc qui te choque dans ce texte ? a bafouillé Chloé, meurtrie.

– La boîte disco ? Moi, je pense que c'est plausible, quand on veut un truc tout est faisable. Tu vois, si on décidait de suivre les instructions de ta mère et d'ouvrir une discothèque dans ton hangar, on y arriverait. Il ne faut pas se limiter.

– Je ne parle pas du fond de l'histoire, c'est de la fiction, mais de la description des personnages. C'est choquant, non ?

– Bah, c'est sûrement pour les besoins de l'intrigue. Regarde Marion, ta mère fait mine de la connaître à peine et d'être étonnée qu'elle et moi soyons copines, c'est sans doute pour ménager des effets romanesques. Et moi, elle insinue que j'ai un look bizarre qui n'est pas à mon avantage… Bon, là, elle a pas forcément tort, je sais bien que je suis trop grosse et que les cheveux bordeaux, c'est plus de mon âge, mais quoi, c'est pas méchant.

– Eh bien moi, je trouve méchante sa manière de me décrire comme une vieille fille aigrie alors que je ne cesse de m'occuper d'elle. En plus des filles, des heures de cours, je passe mon temps à faire des allers-retours à Rennes pour être sûre qu'elle se nourrit correctement.

Ce n'est pas Yanne qui va lui cuisiner des plats pour faire baisser son taux de cholestérol ou veiller à ce qu'elle absorbe suffisamment de protéines. Et là, en guise de remerciements, elle sous-entend que je profite de sa maison parce qu'on est trop radins, Mickaël et moi, pour acheter la nôtre. Tu sais quoi, c'est maman qui voulait qu'on vienne vivre ici, pour nous occuper de sa mère. Ma grand-mère tournait en rond et la bicoque tombait en ruine lorsqu'on est arrivés. C'est Mickaël qui a tout retapé sur son temps libre. Le jardin, à l'arrière, était une jungle, j'ai tout fait défricher et replanter par un jardinier. Ça aurait été plus simple de faire l'acquisition de notre propre pavillon, tout neuf et sans emmerdements. Alors qu'est-ce qu'elle cherche à me dire ? Que je dois partir ?

– Ah, ma Chloé, comme tu y vas ! Il y a sûrement une raison à tout cela. Moi, je sais comme ta mère t'aime. Je me souviens de ta naissance, tu étais le miracle de sa vie.

– Eh bien, depuis il y a eu Yanne, le deuxième miracle, et moi, je suis passée à la trappe. Pourtant, je m'en suis occupée de ma sœur pour que maman ne découvre pas toutes ses conneries !

Nana a pris un air soucieux :

– Mmmm, ça ne ressemble pas à ma Soso de vouloir te faire du mal. J'ai peut-être une idée.

Chloé a levé un sourcil interrogatif. Nana paraissait soudain illuminée :

– Ta mère, elle se parle à elle-même. Avec ce personnage de prof et ses deux filles, c'est rien d'autre que son propre comportement qu'elle met en scène. Ce qu'elle déplore, c'est la manière un peu plan-plan qu'elle a eue de mener sa barque.

– C'est aller chercher un peu loin, a fait remarquer Chloé, mais c'est gentil de ta part de me réconforter.

– Non, non, c'est sincère. Tu sais ce que je lis dans ce texte ?

– Vas-y, dis.

– Ta mère regrette de ne pas s'être davantage amusée dans la vie. Famille, boulot, retraite et, hop, c'est déjà fini. Alors elle se rattrape en imaginant une meilleure fin. Et au passage elle te dit : « Ma fille, méfie-toi. Si tu continues à suivre mes traces, tu finiras par le déplorer. Toi tu peux encore changer d'aiguillage, il n'est pas trop tard ! »

Dans la nuit, parce qu'elle dormait de plus en plus mal, Chloé a repensé à l'interprétation de Nana. « Bouge tes fesses », signifiait le titre du chapitre, sans doute une injonction à laquelle il lui faudrait répondre, tôt ou tard. Elle aimait sa vie pourtant, son mari sportif, ses filles adorables. Pourquoi dénigrer ce que l'on a patiemment construit ? Si sa mère souhaitait la voir changer de vie, elle aurait pu lui en parler directement, sans le biais de cet horrible roman qui était en train de la miner. D'autant qu'elle aurait accueilli cette discothèque avec enthousiasme. Elle aurait bien aimé elle aussi rattraper les jeunes années au cours desquelles elle avait préféré étudier plutôt que sortir. Et Mickaël, qu'en penserait-il ? Elle était presque certaine qu'il serait ravi si elle lui proposait de transformer le hangar en bar et les caves en boîte de nuit. Mickaël était toujours partant, c'est ce qu'elle aimait tant chez lui.

« Money, money, money »
(ABBA)

À deux rues de chez moi, se trouvait la nouvelle mairie. Jadis, elle n'était qu'un bureau donnant de plain-pied sur la place de l'église, à côté du presbytère. À présent, dans ses locaux flambant neufs, le maire était autorisé à se penser à la tête d'une véritable entité territoriale. Depuis les dernières élections, le premier magistrat de Breuil était un ancien camarade du primaire, Armand Lesage. J'en avais été un peu étonnée avant de me dire que c'était logique. Nous arrivions à l'âge où nous pouvions nous libérer de nos obligations professionnelles pour aller vers des fonctions plus collectives. Or nous avions tous fréquenté la même école, voire une même classe à plusieurs niveaux. Ma mère était encore de ce monde au moment des municipales, c'était elle qui me tenait au courant des informations du village. D'après ses sources (la boulangère ou la pharmacienne), le nouveau maire avait mis sa ferme en sourdine au lendemain de son élection, lâché son élevage bovin qui lui demandait un travail quotidien pour s'essayer, sous la pression de son fils qui reprenait l'exploitation, à la culture céréalière, plus intense à certaines périodes mais plus reposante à d'autres. Ainsi, ses disponibilités suivaient le rythme des saisons.

En un sens, je pouvais me considérer comme chanceuse d'avoir fait ma crise cardiaque en octobre ; à présent, décembre approchait et Armand Lesage avait cessé d'être débordé. On aurait même pu le qualifier de désœuvré. La secrétaire de mairie m'avait donné rendez-vous avec lui un mardi matin, sans noter l'objet de ma demande – nous ne devions pas être si nombreux à solliciter un entretien au sommet de la municipalité. Je me souvenais du présent maire comme d'un garçon gauche, très brun, introverti, un élève médiocre pour lequel rien n'était facile. De fait, sur une ancienne photo de classe, je l'avais tout de suite repéré, un môme de dix ans, aux traits réguliers, sérieux comme un tracteur tchécoslovaque.

Après le petit déjeuner, j'avais tenté d'entrer dans le pantalon de cuir de mes trente ans, mais pas moyen d'y glisser ne serait-ce qu'une demi-jambe. Désappointée, je m'étais rabattue sur un jean taille XL, acheté après ma ménopause. Certes mes mouvements n'étaient plus entravés, mais je m'y sentais pataude, d'un format inhabituel. J'oscillais sans cesse entre mon confort et mes ambitions. En me retrouvant devant M. le maire, vêtu sans grâce ni recherche, je ne pus que me féliciter de ce jean massif, sans aucun doute préférable au cuir ostentatoire. A posteriori, j'en viens même à me demander si ce nouveau destin n'avait pas reposé sur ce non-choix approprié.

Comment ce petit homme bedonnant, grisonnant et rougeaud pouvait-il être ce môme qui posait tout raide sur la photo de classe ? Était-il possible qu'il se fît une remarque équivalente : comment cette dame aux cheveux blancs, molle et informe, pouvait-elle être la brunette espiègle qui levait inlassablement le doigt pour répondre à la place de tout le monde ? Cette stupéfaction nous rend palpable le passage du temps. Les vieux que nous sommes devenus, personne n'aurait pu les entrevoir dans nos corps d'enfants virevoltants. À cette époque-là, je trouvais mystérieux, miraculeux d'être petite alors que tant d'autres étaient déjà grandis, adultes ou même vieux. Je vivais l'âge comme un attribut de l'individu au même titre que son nom ou son pays d'origine. Je ne pouvais m'imaginer habitant un jour un corps empâté et me dissimulant derrière un visage ridé.

– Soizik, ça me fait bien plaisir de te voir ! s'est exclamé mon ancien copain de classe. Ça fait un sacré bail ! J'en profite pour te présenter toutes mes condoléances pour ta mère. J'étais à Paris au moment des obsèques. Sinon, tu penses bien que je serais venu. Elle était l'une des plus anciennes habitantes du village.

– C'est vrai, la maison est dans la famille depuis 1918 et le nom du frère de mon grand-père est inscrit sur le monument aux morts, ai-je approuvé avec un grand sérieux, comme si cela pouvait être porté à mon crédit lorsque j'avancerais mon idée de discothèque.

– Ça ne nous rajeunit pas, lâcha Armand, estimant que cette conclusion passe-partout était la meilleure manière de clore cette évocation stérile. Mais dis-moi quel bon vent t'amène. Il paraît que tu as décidé de te réinstaller à la campagne ?

– Il paraît bien. Et je viens te présenter un grand projet pour faire vivre notre village.

– Assieds-toi et raconte-moi, a proposé le maire en désignant la chaise plantée devant son bureau, qu'il a contourné pour se poser en face.

J'aurais pu me croire chez le médecin ou, pire, chez le proviseur. Cette incongruité m'a fait paraître mon idée de boîte disco plus improbable, d'autant qu'au fur et à mesure que j'avançais dans mon récit, je voyais le pauvre Armand écarquiller les yeux. J'avais bien conscience qu'un bar aurait suffi à son entendement. Du reste, il aurait approuvé : un village sans bistro, c'est comme une femme sans cœur, infréquentable. Mais une boîte de nuit, vraiment, lui qui s'était employé à faire venir des familles grâce à son incessante extension de lotissements, sa patiente politique d'équipements sportifs, ludiques, ses activités scolaires et parascolaires, rien que du calme, du propret, du bien élevé… qu'allaient dire ses administrés ?

– Les enfants grandiront. Ne crois-tu pas qu'il est préférable de les voir s'amuser à quelques centaines de mètres de chez eux plutôt que de risquer un accident de voiture, en revenant à quatre heures du matin d'une boîte lointaine ?

Certes, Armand en convenait.

– Et les parents, pourquoi n'auraient-ils pas droit à un semblant de distraction ? Ne vaut-il pas mieux faire la fête entre nous que de devoir parcourir des kilomètres pour aller à Rennes, ou même sur la côte, à Saint-Lunaire, comme nous devions le faire lorsque nous étions jeunes ?

Armand Lesage n'a pu qu'approuver, bien qu'il n'ait jamais poussé jusqu'à Saint-Lunaire, ni même à Rennes, pour faire la moindre fête. Hélas, a-t-il dit, la mairie ne disposait que d'un budget minuscule déjà dévoré par les travaux de la maison de santé et la supérette municipale. ABBA avait raison : « L'argent, l'argent, l'argent, il n'en reste jamais assez… l'argent, l'argent, l'argent, ce n'est jamais pour nous… »

– Si c'est le financement qui te chagrine, ne t'inquiète pas, je le prends en charge, ai-je assuré avec tout l'aplomb dont j'étais capable.

Instantanément, Armand Lesage a soufflé et s'est détendu.

– Mais alors…

– Je ne te demande que ton autorisation.

– Ah mais bien sûr que je suis d'accord. Attention, tu vas devoir suivre une formation pour obtenir ta licence de vente d'alcool.

– C'est prévu.

J'avais repéré une session de trois jours à Rennes.

– Tu veux réellement transformer ta maison ?

– Seulement le hangar et les caves.

Dans les yeux d'Armand, j'ai vu revenir sa défiance d'autrefois. À l'école, il n'osait pas me parler, j'étais la fille du directeur, j'avais sûrement cet air de « je sais tout sur tout ». Et puis il craignait que certains Breuillois trouvent à redire de voir leur tranquillité troublée. Il pesait le pour et le contre. Ma maison était à la lisière du village. Certes l'entrée et la cour donnaient sur la rue principale, mais derrière le bâtiment ce n'étaient que champs et landes à perte de vue.

– Les caves seront bien isolées, on n'entendra rien, ai-je promis. Ce ne sera pas pire que ces petits cons qui s'amusent à faire du rodéo sur des motos aux pots sciés. Et pour le coup, ces mômes, ça pourrait les occuper de danser toute la nuit.

Mais enfin, pourquoi le disco ? N'était-ce pas complètement ringard ? Il n'osait formuler sa question car il s'était toujours tenu à l'écart des modes. Ayant repris la ferme de ses parents, il ne connaissait des soirées dansantes que quelques boums entre copains et les bals des pompiers lors des 14-Juillet. Quant à son fils unique, même si c'était lui qui avait souhaité se défaire de l'élevage pour avoir droit à quelques vacances au soleil l'hiver, ça n'en faisait pas un type vraiment dans le vent. Le gamin bossait dur à la ferme depuis l'âge de douze ans. Si Armand lui demandait si les jeunes étaient dans une phase de « revival des seventies », son rejeton n'en saurait rien. À cet instant il se disait sans doute qu'il y avait vraiment des gens pour lesquels l'argent pouvait être jeté par les fenêtres. Hériter de la maison du notaire, ce n'était pas comme hériter d'une vieille ferme ouverte aux courants d'air. *Money, money, must be funny in the rich man's world…* C'était ça l'univers des riches, penser à la distraction.

Comme s'il en avait eu le loisir, lui. Il ne me mettrait pas directement des bâtons dans les roues, mais si certains de ses administrés venaient à râler, il ne tenterait rien pour les calmer.

Lorsque Nana, Yanne, Mickaël et Chloé étaient venus le voir pour lui parler de cet improbable projet de discothèque, Armand Lesage avait eu une réaction très positive. À soixante ans passés, il reconnaissait que le principe de plaisir guidait rarement les pas de ses contemporains et que cette musique pouvait saupoudrer un peu de gaieté sur des semaines tristounettes. Ses yeux brillants laissaient penser que ça ne lui déplairait pas de se trémousser le samedi soir sur les musiques qu'il aurait rêvé d'écouter lorsqu'il était jeune. Il s'étonna seulement d'apprendre que Soizik n'était pas au courant.

– Mais n'est-elle pas propriétaire de la maison ? Ne faudrait-il pas son autorisation ?

– La maison, elle me laisse la gérer à ma convenance, répondit Chloé. Quant à son autorisation, nous l'avons, implicitement.

Armand Lesage mit un certain temps à comprendre ce que signifiait « implicitement ». Il fut peiné d'apprendre la gravité de l'état de santé de sa vieille camarade, même si rien ne les avait jamais liés auparavant, resta dubitatif devant la notion de roman – comment pouvait-on se lancer dans la rédaction d'un roman lorsqu'on n'avait rien fait d'autre dans l'existence que d'enseigner l'histoire et la géographie ? – et douta de l'interprétation que les filles faisaient de l'avancée de ce texte. Peut-être n'était-ce qu'une élucubration, peut-être leur mère ne souhaitait-elle pas vraiment transformer sa maison en boîte de nuit, suggéra-t-il timidement. Face à l'assurance de Nana, il battit en retraite. L'éventuel mécontentement de Soizik Diwan n'était pas son problème après tout. Si ses filles s'entendaient sur la destination du hangar agricole, ce n'était pas à lui d'y mettre bon ordre. Il eut effectivement un couplet sur la licence IV, parfaitement anticipé par Chloé, un autre sur la nécessaire tranquillité à assurer à ses administrés et donc à l'indispensable insonorisation. Pour le reste, il ne répugnait pas à ce que son village puisse présenter au monde un caractère original, un petit quelque chose qui le différencierait de Montfort, Iffendic ou Monterfil. Ce rayon de soleil pouvait être le bienvenu. Il saurait présenter les faits adroitement au conseil municipal.

« I'm so excited »
(The Pointer Sisters)

Le domaine de la Salle appartenait à la famille éponyme depuis la fin du XVIIe siècle. L'origine de cette petite baronnie restait obscure, aucun de ses membres n'ayant souhaité en creuser la généalogie. Ni fait d'armes, ni charité, ni trait de génie, personne dans cette lignée n'aurait pu faire l'objet de glorification.

Marie-Claire de la Salle, née de la Baudinière, fille d'un marquis de Vendée, avait été présentée à son futur époux, juriste de formation, par son cousin qui étudiait le droit à la faculté de Rennes. À cette époque où il eût été inconvenant que l'épouse travaillât à l'extérieur, devenir Mme la baronne semblait être un horizon suffisant pour une oie blanche de province. Ce que serait la vie de cette femme, personne ne s'en était préoccupé. Ni ses parents, trop heureux de l'avoir casée, ni son mari, plus soucieux de ses chasses et de ses maîtresses que de son foyer, ni ses fils, sitôt mis au monde, sitôt happés par le tourbillon du destin. Aujourd'hui, à l'approche de ses quatre-vingt-dix ans, le corps de la baronne s'était replié sur lui-même, frêle et tortueux. Sa peau de blonde, parcheminée, avait blanchi tout à fait, elle ne fréquentait plus le soleil depuis des années, ses cheveux fins se cassaient sous la brosse. Mais elle avait conservé les deux attributs principaux de sa beauté, son regard doré et son sourire bienveillant.

Assise devant la cheminée, elle écoutait Marion lui raconter ce qui agitait le village. Elle-même n'y avait plus mis les pieds depuis les obsèques de son époux.

– Une boîte de nuit, dis-tu, c'est bien ça ? Le disco, ce n'était déjà plus de mon âge, je serais bien incapable de reconnaître un air s'il m'arrivait d'en entendre à la radio.

– Boney M., peut-être ? insistait Marion. « Rasputin » ?

– Raspoutine ? Le grand gourou de la famille Romanov a inspiré une chanson ? s'est amusée Mme la baronne. Ça alors, je ne l'aurais pas cru !

– C'est même une des chansons les plus emblématiques du disco.

– Alors tu vois, mon petit, je suis vraiment très hors du coup. Mais je serais ravie que tu t'amuses. Tu vas y aller, non, lorsque ce sera ouvert ?

– Sans doute, et même bien avant pour les aider. La boîte sera aménagée dans la maison de Colette Diwan. Vous voyez, la grande maison à balcon, la dernière en direction de Montfort.

– Oui, oui, je vois, mais elle n'est pas morte Colette Diwan ?

– Si, il y a six mois. Mais sa fille Soizik et sa petite-fille Chloé y habitent maintenant. Elles vont transformer les caves.

– Ah, c'est drôle ça !

– Vous vous souvenez de Soizik ? Son père, le mari de Colette, était directeur de l'école.

– Je me souviens de lui, bien sûr, la petite pas tellement. Lui, il y a eu une sorte de scandale attaché à son nom.

– Ah bon, quel genre ? a demandé Marion avec intérêt.

– Je ne me rappelle plus vraiment.

Marie-Claire de la Salle a fait signe à Marion qu'il était temps de remettre des bûches dans le feu afin qu'il ne s'éteigne pas.

– Et puis, je prendrais bien une tasse de thé.

Marion avait le visage bien dessiné, les pommettes hautes, la mâchoire ferme, sans doute le résultat d'un lifting réussi. Le brushing de ses cheveux longs était soigné, de même que la couleur, un châtain clair lumineux. Pendant qu'elle retournait la bûche maîtresse avec le tisonnier, elle demanda :

– Avez-vous vu ce matin si les sangliers étaient revenus ?

– Non, je ne suis pas sortie.

– J'irai voir tout à l'heure si vous le souhaitez. Ça me fait mal au cœur, l'herbe était si belle. Dans le bas du parc, en début de semaine, tout a été retourné.

– Bah, c'est la nature. Tu ne peux pas aller contre la nature. Si tu veux les dissuader, allume les projecteurs cette nuit.

– Il faudrait les allumer toutes les nuits.

– Fais comme tu le sens. Tu marches dans le parc plus que moi. Si la terre retournée te gêne, mets les lumières.

– J'ai l'impression de me battre contre des moulins à vent. Ça ne sert à rien. Il suffit d'oublier une nuit, ils reviennent et dévastent un autre endroit. C'est décourageant.

– Alors, cesse de lutter. C'est souvent le meilleur moyen pour ne pas souffrir dans cette vie. Prends les choses telles qu'elles viennent. Je boirais bien du thé.

Lorsque Marion revint avec le plateau, la théière, les tasses, madame s'était assoupie. En ouvrant les yeux, elle a suggéré :

– Tes amies Nathalie et la petite Diwan, tu peux les inviter ici. Il y a tellement peu de distractions chez nous. Ça ne me dérangerait pas. Et puis c'est si grand.

– Merci, c'est très gentil. Je vais attendre un peu, je pense.

– Comme tu veux. Mais n'hésite pas.

La main de Mme de la Salle tremblait un peu. Marion craignait qu'elle renverse son thé bouillant sur sa poitrine.

– Laissez-moi vous aider, dit-elle en stabilisant la tasse et en l'approchant des lèvres de la vieille dame.

– Il faut que tu t'amuses, a redit la baronne, ce n'est pas drôle pour toi d'être là toute la journée.

– Cessez de vous inquiéter pour moi, buvez. J'ai fait ce thé à la bergamote que vous aimez tant.

– L'earl grey, oui. Tu es gentille, Marion. J'ai de la chance de t'avoir.

Plus tard, lorsque Mme de la Salle fut couchée, Marion fit une recherche de play-lists disco sur Deezer – le raccordement de la vieille maison à Internet avait été son unique exigence pour s'y installer. Sa grande chambre mansardée résonna de sonorités métalliques. Elle sortit du placard ses chaussures rouges à talon. La psyché lui renvoya l'image de son corps toujours svelte dans sa robe à paillettes. Elle se sourit. Les jours se ressemblaient tant et voilà qu'ils se teintaient de couleurs nouvelles. Elle était très excitée, elle avait tellement aimé les plaisirs de la nuit. Il restait donc une attente qui valait la peine d'être vécue, et un semblant d'avenir à espérer.

« She works hard for the money »
(Donna Summer)

L'entreprise de rénovation Jehanin regroupait tous les corps de métier, électricité, plomberie, maçonnerie, peinture, menuiserie, serrurerie. La direction passait de père en fils depuis la fin de la première guerre, si bien que les familles Diwan (mes parents) et Callac (mes grands-parents), implantées dans la commune depuis la fin du XIXe siècle et propriétaires de leur maison dès 1918, n'avaient jamais fait appel qu'à des Jehanin pour améliorer leur cadre de vie. Pierre Jehanin, quatrième du nom, attablé dans la grande cuisine chaude et accueillante, opinait du chef d'un air dubitatif.

– Une boîte de nuit, ici ? répéta-t-il.

Sous-entendu : dans ce bled où il ne passait jamais personne, ni touristes ni randonneurs, seulement ces jeunes couples désargentés venus faire souche sur des lopins de terre de plus en plus petits. Je n'en étais plus à une explication près.

Curieusement, plus je vieillissais, plus il me semblait avoir le temps. Plus de copies à corriger, plus de cours à préparer, plus de réunions, toutes ces choses ingrates s'étaient évaporées sans que j'aie eu le loisir de m'y préparer. Le vide m'était tombé du ciel comme une bénédiction à laquelle j'osais à peine croire. Ce quatrième Jehanin hochait donc la tête pour exprimer un « Bon, pourquoi pas, au moins ça me changera des cuisines Ikea et des parquets flottants ».

– Allons voir, a-t-il conclu, mi-résigné mi-conquérant.

Dans l'antique hangar à gauche du bâtiment principal, les machines agricoles avaient, depuis l'après-guerre, été remplacées par des objets volumineux et cossus qui avaient connu leur heure de gloire des décennies plus tôt : un authentique Frigidaire, un billard américain, un landau anglais géant, une énorme armoire bretonne sculptée de petites bonnes femmes en coiffes bigoudènes, chinée par ma grand-mère Alexandrine Callac dans le Finistère à la fin des années quarante.

– Vous allez tout débarrasser ou ce sera à nous de le faire ?

– Le billard peut servir et le reste, je vais plutôt le customiser. Le landau, le Frigidaire, oui, bien sûr, un brocanteur me les prendra… On va faire un bar américain, je voudrais des néons de couleur, je vais écumer les vide-greniers pour trouver des fauteuils clubs, des canapés en cuir ou en velours, il faut que ce soit confortable, comme à la maison, mais avec une déco qu'on n'oserait jamais avoir chez soi. Vous comprenez ?

– Je crois. Et au sol ?

– Du bois foncé. Des lattes larges.

– Pas très années soixante-dix, ça.

– C'est vrai. Ce sera du remis au goût du jour. Du psychédélique revisité par le mouvement écolo.

– Vous aimez les contraires, vous. Intime et flashy, disco et zen. Je vais faire de mon mieux mais vous ne me facilitez pas la tâche. Et en bas ?

– Il y a une grande cave voûtée sous le hangar et deux autres sous la maison. Il faut une piste de danse et des petits salons, un autre bar aussi.

– Un fumoir ?

– Non, ici ce n'est pas compliqué de sortir pour fumer, dans la cour ou de l'autre côté, dans le jardin. En bas, on fera une ouverture sur l'extérieur. Il faudra aussi des toilettes.

– Ce sera un énorme boulot de s'occuper de tout ça, a remarqué l'entrepreneur.

– De faire ces travaux ?

– Les travaux, j'ai l'habitude, c'est mon boulot. C'est pour vous, après. Deux bars, une boîte de nuit, c'est pas rien à faire tourner.

– Oui bien sûr. Tout est du travail, hormis ne

rien faire, et encore faut-il être doué pour ça. *We work hard for the money*, comme dirait Donna Summer, et pas seulement pour l'argent. Le travail, c'est l'essence de la vie. Vous seriez capable de ne rien faire ?

– Ah, madame, je bossais avec mon père quand j'avais pas quatorze ans ! Ne rien faire, je ne sais même pas ce que ça veut dire.

– Moi non plus, je ne sais pas, aussi ne nous plaignons pas d'avoir du pain sur la planche. Allez, rentrons nous mettre au chaud dans la maison. D'ailleurs, il va falloir installer le chauffage ici aussi, en haut et en bas.

– Oui, je m'en doute, a dit Jehanin, résigné.

Installées à la grande table avec leur mère, Lucie et Gwen trempaient des petits pains avec gourmandise dans leurs chocolats fumants.

– Alors, mamik, ils commencent quand les travaux ?

– Tout doux, mademoiselle, a tempéré l'entrepreneur, je dois d'abord faire un devis puis trouver trois mois sur mon planning. Je manque pas de chantiers mais plutôt d'ouvriers.

– J'aimerais ouvrir en mai. Il y a tous les ponts, il fait beau, tout le monde a envie de sortir s'amuser.

– Mais c'est demain ! a protesté Jehanin.

– Six mois, a rectifié la petite Gwen. C'est dans longtemps.

– Dans mon métier, c'est rien du tout. Mais bon, je vais faire de mon mieux parce que je connais votre grand-mère depuis que je suis né et que je venais souvent dépanner votre arrière-grand-mère Colette. Mon père a d'anciens collègues qui ne seraient pas contre reprendre un peu de service. On va peut-être pouvoir constituer une équipe de vétérans. Ça plaira à mon père de diriger ce chantier.

– Les retraités parlent aux retraités, a soupiré Chloé. C'est vraiment une aventure d'un autre âge.

– Ça me plaît, moi, madame, j'aime bien le disco.

– Merci, Pierre, ai-je dit. Tiens, voilà Nana. Et Marion. Entrez !

Nana portait un ensemble en velours violet qui jurait avec sa crinière rouge sombre. Marion était moulée dans un ensemble en jean, les cheveux remontés en un chignon choucroute à la Bardot. De près on pouvait voir les ridules qui lui donnaient sa bonne soixantaine, mais de loin sa silhouette svelte et musclée lui conférait un petit look juvénile sympathique. Chloé trouvait ridicules ces dames qui refusaient de vieillir. Je la sentais honteuse d'être le témoin de nos illusions.

– Du thé pour tout le monde ? ai-je proposé.

– Du thé, du thé, a fait Nana, on ne serait pas plutôt à l'heure de l'apéro ?

– Il est à peine cinq heures ! a protesté Chloé. Vous êtes dingues ! Je vous rappelle que ma mère sort de l'hôpital, que l'alcool et le tabac lui sont interdits. Bon, les filles, montez dans vos chambres, vous n'auriez pas des devoirs à faire ?

– Ben si, mais on les a toujours faits ici, a rétorqué Lulu. Et puis on n'a pas fini le chocolat.

– Alors dépêchez-vous de vider vos bols, les pressa Chloé, de plus en plus exaspérée. Et après montez.

– La table est assez grande pour tout le monde, suis-je intervenue. Les filles, restez là, au bout, on ne vous dérangera pas.

– Tu parles comme elles seront concentrées, rumina Chloé. C'est pas comme si Lulu avait démarré sa cinquième en tête de peloton.

– Tu exagères, maman ! Je suis dans les premières dans toutes les matières.

– Pour une fille de prof, petite-fille de prof, arrière-petite-fille d'instit, c'est la moindre des choses. Tu pourrais faire beaucoup mieux si tu te donnais du mal.

– Bon, c'est déjà bien, ai-je dit dans l'espoir de calmer le jeu.

– Te mêle pas de ça, maman. Je te rappelle que quand j'étais petite, tu appelais la deuxième place la « honte du Poulidor », alors tu n'as pas de leçon à me donner.

– Non, t'étais comme ça, So, avec tes mômes ? a rigolé Nana.

– Je ne sais plus. Certainement si Chloé le dit, ai-je soupiré. Sans doute un héritage de ma mère qui voulait toujours que je sois la meilleure pour faire plaisir à mon instit de père. Je suppose que l'ambition et l'angoisse se transmettent aussi sûrement que la couleur des yeux et les maladies génétiques.

– Colette avait bien changé à la fin, a dit Nana. Elle ne trouvait plus ça si important ces histoires d'être la meilleure ou de faire des super études.

– Hélas sa prise de conscience n'a pas eu d'effet rétroactif, ai-je rétorqué, fâchée de la tournure de cette conversation. On se rend compte trop tard de ce qui aurait été la juste attitude, avec ses parents, avec les hommes, avec ses enfants, avec ses collègues. Lorsque enfin il te semble l'avoir trouvée, tu n'as plus personne avec qui l'appliquer. Alors prends-en de la graine, Chloé chou. Si je te dis que ce n'est pas si important, crois-moi.

– Tu diras bien ce qui t'arrange au moment où ça t'arrange, mais moi, maman, j'ai le droit d'élever mes filles comme je l'entends. Et là, c'est l'heure des devoirs.

– On va parler tout bas, ne t'inquiète pas, ai-je promis. Bon, Pierre, vous avez tout bien compris ?

– Vous en faites pas, je vois avec mon paternel. Dans deux jours, vous aurez le devis. Et lui, je le crois capable de mettre une équipe sur pied avant la fin de l'année.

– Pourquoi tant de hâte ? a murmuré Chloé.

– Parce que la vie n'attend pas, mon petit chou.

Chacun est demeuré dans ses pensées, songeant à ce qui n'attendait pas dans sa propre vie : Gwen de tester de nouveaux jeux avec ses copines dans la cour de récré, Lulu de mater les garçons et de commenter avec Adèle et Constance, Chloé de se mettre sous la couette en se disant que le lit est tout de même le meilleur endroit sur terre, Nana de plaisanter en buvant des apéros avec ses potes, Marion de trouver enfin ce qui la rendrait vraiment heureuse tout en sachant qu'elle n'y parviendrait sans doute jamais, Pierre de faire tournoyer son fils de dix-huit mois pour l'entendre rire aux éclats…

Au bout d'un long silence, Nana a lancé :

– Vous ne croyez pas qu'on devrait s'exercer ?

– S'exercer à quoi ? a demandé Marion.

– À danser. Je ne sais pas vous, mais moi, ça fait un bail que je ne suis pas allée en boîte. Quant à danser sur du disco, ça ne m'est plus arrivé depuis les années quatre-vingt.

Brusquement, j'ai su ce que je cherchais avec cette histoire :

– Vous savez ce que nous devrions organiser lorsque le *Dancing Queen* aura ouvert ?

– Non, ont répondu Nana et Marion en chœur.

– Quoi ? ont demandé Lulu et Gwen en levant la tête.

– L'élection d'une Disco Queen !

– C'est quoi une Disco Queen ? a chuchoté Gwen à sa sœur.

– Ça veut dire « reine du disco », a expliqué Lulu tout bas, puis, plus haut : La reine, c'est celle qui danse le mieux ou celle qui a le meilleur déguisement ?

– Les deux vont ensemble, ai-je répondu. Une Disco Queen sait oublier la réalité, enfiler des habits de lumière et donner au public l'illusion de vivre dans une bulle de champagne.

Les yeux de Gwen ont brillé.

– Et ce serait nous le jury ? m'a interrogée Lucie.

– Bonne question. Nous peut-être, ou des volontaires du village ou, pourquoi pas, un professionnel.

– Un professionnel ? Quel genre ? a demandé Nana.

– Genre quelqu'un de connu ? Comme Sheila ? a fait Marion.

– ABBA ? a renchéri Pierre.

– Plutôt John Travolta, ai-je dit. Oui, c'est exactement lui qu'il nous faudrait, John Travolta.

– Super, ça ! s'est écriée Nana.

– Mais oui, vous avez raison, a pouffé Chloé. John

Travolta va venir de Los Angeles pour inaugurer une petite boîte dans un patelin breton. Franchement, vous êtes tous devenus fous.

– Sinon Cerrone ou Sheila, a suggéré de nouveau Marion, ils sont français, ce n'est peut-être pas si compliqué de les faire venir pour l'ouverture d'une boîte disco. Il ne doit pas y en avoir tant que ça en France.

Je m'envolai :

– John Travolta, quand même… ce serait tellement classe…

– Maman ! a protesté Chloé. Tu veux bien arrêter de dire n'importe quoi !

– Regarde, Chloé, a fait Nana en lui montrant l'écran de son téléphone, il existe un site Travolta avec son contact. On peut lui écrire pour lui demander, ça ne coûte rien.

– Ah oui, mais tu vois, maman n'était pas prof d'anglais !

– Oh, si ce n'est qu'une question d'anglais, je peux traduire, j'ai vécu quelques années à New York, a dit Marion.

– À New York…, a répété Lulu, rêveuse.

– Oui, j'étais tombée amoureuse d'un Américain et je l'ai suivi. On a habité Brooklyn cinq ans et puis il m'a quittée et je suis rentrée, rien de très reluisant comme vous voyez. Avec le recul, je ne sais plus si j'ai été heureuse là-bas. Au début, je crois. Assez vite, il m'a trompée. Je ne m'aimais pas assez pour l'envoyer promener et partir. D'une certaine manière, j'avais l'impression de mériter ça.

– Mériter d'être trompée ? me suis-je exclamée. Ah non, franchement, aucune femme ne mérite d'être trompée.

– Laquelle d'entre nous n'a jamais été trompée, a fait Nana, fataliste, hein, je vous le demande ? Nous le sommes toutes à un moment ou à un autre, c'est comme…

– Bon ça suffit, coupa Chloé. Il y a des enfants à cette table. Et vos sentences de vieilles blasées, ça ne va pas contribuer à rendre le monde meilleur !

– Rendre le monde meilleur, n'est-ce pas justement ce que nous tentons de faire grâce à ce projet caritatif ?

– Tu as une curieuse conception du caritatif, maman, répliqua Chloé.

– So a raison, dit Marion, elle propose de la chaleur humaine. Qu'y a-t-il de plus important sur cette terre que de nous réunir avec nos semblables ? Si vous voulez, je veux bien vous remettre en forme avec des chorégraphies disco. J'étais forte en choré dans ma jeunesse.

– Génial, avec Lulu on adore ça ! s'écria Gwen. Nous aussi, on est bonnes en choré, on peut danser avec vous ?

– Toi, tu vas monter dans ta chambre si tu n'arrives pas à recopier ton texte sans relever la tête en permanence, a menacé Chloé.

– On trouvera un moment pour répéter avec tout le monde…, a promis Marion, arrangeante. Le samedi après-midi ou le dimanche.

– C'est pas un peu ringard, le disco ? a demandé Lulu.

– C'est joyeux, c'est beau, c'est dynamique, c'est festif, a énuméré Marion. Je dirais révolutionnaire plutôt que ringard.

Chloé avait fini par prendre son parti de jouer l'éternelle empêcheuse de danser en rond. Cela faisait plusieurs semaines qu'elle s'était investie dans le projet. Elle se voyait désormais comme une cheffe d'entreprise. Le rôle du bouc émissaire n'était pas pour elle. Elle avait accepté l'analyse de Nana, appuyée par Marion. À travers ce texte, sa mère lui montrait la voie de l'émancipation, du plaisir, de la légèreté. Elle avait compris que ces choses impalpables étaient les plus ardues à conquérir et qu'il fallait s'y prendre tôt pour se donner une chance d'y parvenir. Chloé avait bien conscience de suivre, une fois de plus, le chemin tracé par sa mère, mais ça l'amusait de tenter de se conformer à l'histoire. Jusqu'à présent, elle avait suivi chaque étape avec application, mais là…

– John Travolta, les filles ! Sérieusement ! C'est au-dessus de nos moyens !

– Tatatata, a fait Marion. L'idée de le contacter par le site est très bonne, je vais écrire le message. Avec de bons arguments, on ne sait jamais. Seuls ceux qui tentent parviennent à un résultat.

– Oui on sait, a fait Chloé, cent pour cent des gagnants ont tenté leur chance ! N'empêche, Travolta, ce n'est pas le guy next door !

– Tu t'occupes des travaux, Nana et Yanne recrutent le personnel, je me charge de l'aspect « original disco » de l'affaire, a conclu Marion. Ne partons pas perdantes.

– C'est marrant, cette idée de Disco Queen, c'est tellement daté, a dit Chloé, rêveuse. Très *Saturday Night Fever*. On voit bien que le scénario est né dans la tête d'une disco native !

« Cette année-là »
(Claude François)

En 1962, le village de Breuil en Ille-et-Vilaine ne comptait encore aucun commerce mais une église, un presbytère, une petite école dotée de deux classes – les petits et les grands – et trois bars. Un cimetière également, dans lequel la petite Françoise Diwan venait d'être inhumée.

Ses parents éplorés s'étaient rencontrés en 1958, sans que cela ait aucun rapport avec l'Algérie, de Gaulle ou la Ve République. Alain Diwan, vingt-six ans, venait d'être nommé instituteur pour la classe des grands. C'était son premier poste de titulaire après deux années de service en Algérie suivies de deux années de remplacements nomades au hasard de l'Ille-et-Vilaine. Il n'avait pas de voiture personnelle et les transports en commun n'allaient pas de Rennes jusqu'à Breuil. Il avait dû trouver à se loger sur place. La mairie avait fait le tour de ses administrés, moins d'une centaine de familles, pour lui proposer une chambre chez l'habitant.

Maître Callac avait tout un étage libre, à savoir quatre chambres à peine mansardées. Son refus aurait été mal perçu. Ses filles, Colette et Anaïg, dix-huit et quinze ans, avaient été excitées à l'idée d'avoir un locataire, excitation qui s'était vite transformée en premier amour pour la tendre Colette. Le notaire n'était pas enchanté du résultat de son hospitalité, il aurait préféré un meilleur parti pour sa fille. Puis, à la réflexion, il s'était convaincu que ce jeune fils de la République, travailleur, méritant, ferait un époux de qualité pour son aînée.

Le mariage avait eu lieu l'année suivante à l'église du village. Françoise était née en janvier 1960. Le jeune couple s'était installé dans la chambre d'amis, au premier étage, son bébé dans la chambre d'enfant de Colette, jumelle de celle d'Anaïg. Parents et grands-parents prenaient leurs repas ensemble. La cuisine était chauffée au poêle à bois, les odeurs sucrées, fruitées, épicées, salées se mélangeaient. On ne se posait pas la question de l'intimité alors. Les gens aimaient se regrouper. Il n'y avait souvent, pour distraction, qu'un seul poste de radio. Les Callac aimaient écouter les informations, la chanson française, Yves Montand, les Compagnons de la chanson, Édith Piaf. Madame n'était pas contre la musique américaine. Elle avait vu des images d'Elvis Presley. Tout en critiquant à haute voix son attitude provocatrice, elle était séduite. Le disco était loin encore. À Paris, les jeunes fréquentaient les boîtes de jazz. Ils commençaient tout juste à se mettre au rock'n'roll, cette manière de tourner sagement à deux en se tenant par les mains que leurs parents qualifiaient de « danse endiablée ». La jeunesse de Breuil était à des kilomètres de ces tournoiements. Même Anaïg, qui venait tout juste de rencontrer son futur ingénieur agronome, frère d'une de ses amis de lycée, n'aurait pas osé demander la permission de se rendre à Rennes pour une soirée dans un de ces lieux de « perdition ». Quant à Colette et Alain, ils pouponnaient.

Le matin où la petite Françoise était tombée malade, Colette ne s'était pas levée, elle avait mal dormi. Elle se le reprocherait le reste de sa vie, convaincue qu'elle aurait remarqué, mieux qu'Alain, mieux que sa propre mère, le regard un peu éteint de son bébé et, d'instinct, aurait alerté le médecin aussitôt. Ce sont des choses que l'on se raconte après, qui ne présentent aucun intérêt, pourquoi se faire inutilement du mal ? Il n'existait aucun cabinet médical dans ce village, il aurait fallu appeler le docteur Loréal, à Montfort, lequel ne serait pas venu plus rapidement, il avait fort à faire avec ses consultations en cabinet. Vers midi, Colette, remise de sa mauvaise nuit, fraîche et douchée, avait rejoint sa mère à la cuisine. La petite dormait dans son landau. Elle avait commencé à geindre lorsque sa mère l'avait prise pour la nourrir. Une heure plus tard, elle poussait des cris épouvantables. Il est vraisemblable que le lever matinal de Colette n'aurait rien changé : les effets de la méningite ne s'étaient manifestés qu'à l'heure du déjeuner. La mère de Colette avait téléphoné au docteur, qui avait conseillé d'aller directement aux urgences à Rennes. Elle avait donc appelé son mari, seul à disposer d'une voiture, pour qu'il les y conduise. Le temps que ce dernier règle quelques affaires dans son étude, il était arrivé en soupirant vers seize heures. À l'hôpital, le médecin avait posé le diagnostic, gardé l'enfant pour la mettre sous une perfusion d'antibiotiques, mais s'était dédouané le lendemain de son décès durant la nuit, en arguant qu'à son arrivée il était déjà trop tard pour la sauver.

La perte de son bébé n'avait pas seulement détruit le moral de Colette, il avait fait exploser l'amour et le respect qu'elle avait voué à ses parents. Comme si le manque de perspicacité de sa mère et la lenteur de son père avaient été responsables de ce mauvais sort. Le père n'y résista pas : un AVC l'emporta au tournant de l'année 1962. De deuil en deuil, Colette avait mis encore quelques semaines avant de réaliser qu'elle n'avait pas eu ses règles depuis plus de trois mois.

Cette année-là fut celle de tous les bouleversements. Tandis que perçait l'« idole des jeunes » et qu'on disait adieu à Marilyn, la veuve du notaire de Breuil, Alexandrine Callac, se recroquevilla, sa fille cadette, Anaïg, se maria et partit vers l'ouest reprendre la ferme familiale. Remontée contre le monde entier, Colette Callac-Diwan prit le pouvoir dans la maison, apprit à conduire, reprit des études de lettres par correspondance, mit au monde

Soizik en se promettant que jamais au grand jamais elle ne lâcherait des yeux cette nouvelle « petite Françoise ». Quant à son mari, l'instituteur, la « pièce rapportée », il resterait à jamais suspecté de n'avoir pas été à la hauteur. S'il avait eu une voiture, s'il avait regardé sa fille ce matin-là… aucun grief ne lui serait épargné. Or le mépris finit par empoisonner la personne qui en fait les frais. Alain ne dérogerait pas à cette règle. À force de se sentir déconsidéré, il en viendrait à se persuader qu'il était coupable de veulerie et de lâcheté. Cette année-là, l'avenir était déjà presque écrit.

« Le freak »
(Chic)

– J'ai une belle collection de robes disco, a dit Marion.

Dans la grande cuisine chauffée au poêle à bois, Nana venait me retrouver à chacune de ses pauses, au point d'exaspérer sa fille Karine qui se plaignait de déjeuner seule.

– Dis-lui de nous rejoindre, ai-je suggéré un jour.

Ce qu'elle a fait, déclenchant dans mon foyer un véritable incident diplomatique :

– Tu prépares à manger pour les autres, s'est plainte Chloé, alors que nous on déjeune tous à la cantine.

– Tu n'as qu'à rentrer. Il y a de la place pour tout le monde. Et puis, je ne prépare pas à manger, chacune apporte son plat. Je n'offre que la table, les couverts et le café.

Chloé était fâchée de passer pour mesquine, au

fond elle regrettait seulement de demeurer extérieure à cette aventure. L'école de Gwen, celle dont mon père avait été directeur, était de l'autre côté de la route, pourquoi ne rentrerait-elle pas ?

– Mais bien sûr, mon petit chat, que Gwen peut se joindre à nous, ai-je approuvé. Au contraire, ça fera plaisir à tout le monde.

Pour Lulu, c'était insoluble : le car scolaire ne faisait pas d'aller-retour à l'heure du déjeuner.

Ce midi-là, Gwen était donc attablée avec nous, c'est-à-dire Nana, Karine et moi, lorsque Marion a passé une tête pour quémander un café.

– Vous avez déjà vu des sangliers dans le village ? demanda-t-elle en s'asseyant.

– Non, jamais. Pourquoi ?

– Dans le parc du château, ils dévastent tout.

– Tu peux t'adresser à la mairie pour organiser une battue. Mais je crains que ce ne soit peine perdue. Dans toute la France, ils prolifèrent. Et puis les chasseurs font des dégâts aussi avec leurs chiens et leurs bottes. Tu veux un peu de chocolat noir avec ton café ?

– Volontiers.

La conversation a glissé des sangliers à la ruralité, de la campagne au village, des villageois au dancing et de là à la panoplie disco qu'il faudrait aller chiner dans des vide-greniers. Marion a alors annoncé :

– Pas la peine, j'en ai des tonnes, j'ai amassé toutes sortes de vêtements à paillettes dans les années soixante-dix et quatre-vingt. J'avais dix-huit ans en 75, a-t-elle précisé comme si cela justifiait sa collection.

Puis elle ajouta :

– Je vous apporterai des spécimens. Vous pourrez choisir ce qui vous plaît.

– C'est ça, moque-toi ! a répondu Nana, hilare. Il en faudrait deux ou trois comme toi pour remplir mes vêtements. Alors moi, rentrer dans les tiens !

Avec son visage rond, perpétuellement prêt à sourire, ses yeux bruns brillants, ses rondeurs et son côté populaire, Nana avait toujours eu du succès auprès de garçons irrésistibles. C'était la fille sympa, dynamique, dont on sentait tout de suite qu'elle ne créerait pas de problème, la bonne copine en quelque sorte. J'avais très tôt été consciente de ma chance d'être sa meilleure amie.

– Les foulards, les bracelets, les serre-têtes, les chasubles n'ont pas de taille, a objecté Marion. J'ai même des chemisiers qui peuvent t'aller.

– Mmmm, laisse-moi en douter, mais pour So, pourquoi pas ?

– C'est gentil, ai-je répondu, mais moi non plus je ne rentre plus dans rien.

– Heureusement, a rétorqué Nana, tu étais trop

maigre. Il fallait bien que tu finisses par te remplumer.

– À propos de plumes, a dit Marion, j'en ai aussi ! Ça n'a pas de taille, ça, les boas ! « *Freak out*, a-t-elle clamé en se levant, le freak c'est chic ! »

À sa manière d'occuper l'espace, on voyait immédiatement qu'elle avait été une habituée des dancefloors, et de la *new dance craze* dont parlait la chanson. Mais, sans être anglophone – ma Chloé avait raison sur ce point –, je n'ignorais pas le sens de *freak*, « monstre ». Et il me semblait que ce mot n'était pas sans relation avec ma situation.

– Ils sont où tes déguisements ? a demandé Gwen.

– Au château.

– Ah bon, tu as emporté tes vieilles robes avec toi ? s'est étonnée Nana.

– Je n'ai pas d'autre chez-moi, a expliqué Marion sobrement. J'ai lâché le petit appartement que je louais à Paris, c'était trop cher. Et puis, au château, j'ai de la place. Personne ne monte jamais au deuxième étage. J'ai six grandes pièces pour moi toute seule. Même si j'en ai transformé une en buanderie pour ne pas avoir à m'occuper du linge dans la cuisine et qu'une autre sert de grenier, il me reste tout de même de quoi m'étaler.

– Tu ne prends jamais de congés ? ai-je demandé.

– Je pourrais, personne ne me l'interdit, mais

pourquoi partir quand on est seule ? Tu pars en vacances seule, toi ?

– Avec une copine, ça m'est arrivé.

– Une copine, ce n'est pas seule, a rétorqué Marion, sans que je parvienne à saisir si son ton était amer ou simplement triste.

Parfois, certains mots ouvrent une faille dans l'intimité de l'autre qui, de ce fait, cesse d'être un étranger. Ainsi me suis-je mise brusquement à considérer la vie de Marion de l'intérieur. Dix-huit ans en 1975. Qu'avait-il pu se passer dans sa vie pour qu'à l'approche de la soixantaine elle ait quitté Paris, les paillettes, le disco, la nuit, en faveur d'un manoir au milieu des champs, à l'orée d'une forêt peuplée de sangliers ? Quel pourrait être son avenir alors qu'il ne lui restait aucun bien personnel, hormis des malles remplies de vêtements de fête et de trucs en plumes ? Marion était jolie, ses pommettes hautes, son sourire doux, ses mains fines, ses gestes délicats, sa peau éclatante, son corps ferme et bien dessiné. Pourquoi avait-elle choisi de venir se cloîtrer ici auprès d'une patronne qui avait déjà un pied dans la tombe ?

– Tu faisais quoi comme métier avant de t'installer à Breuil ? a demandé Gwen.

– J'en ai exercé pas mal, dans la mode ou le monde de la nuit.

Les révélations de Marion s'arrêteraient là.

Nous resterions sur notre faim, incapables de raccorder cette vie d'oiseau de nuit qu'elle évoquait et qui m'avait toujours fascinée à cette existence de fourmi des champs, laborieuse et disciplinée, qui de toute évidence était devenue son quotidien.

– En tout cas, a dit Karine sur un ton aigre, il y a des gens à qui ça ne plaît pas votre truc de boîte de nuit.

Je l'avais oubliée, celle-là.

– Toi par exemple ?

– Mais non, pas moi, au contraire. Si je peux aller danser le samedi soir sur de la bonne musique, je suis contente.

– Tu préfères le samedi soir au vendredi ? Selon Nana…

– Je te rappelle que je travaille le samedi, coupa Karine. Et en théorie ma mère aussi, mais j'ai l'impression que ce n'est plus si important pour elle.

– Comment ? s'écria Nana. Je t'ai offert la boutique, je n'arrête pas de te soutenir, je travaille gratuitement toute la semaine, alors excuse-moi d'avoir un peu envie de m'amuser ! Je n'ai plus la vie devant moi. Le bonheur c'est maintenant !

Karine, interloquée, se sentit immédiatement en faute.

– Je ne te reproche rien, excuse-moi d'avoir dit ça. Et puis votre boîte, c'est peut-être la chance de ma vie pour rencontrer quelqu'un. Parce qu'au salon, toute la journée, c'est limité.

– Allez, l'a reprise sa mère, tu as eu les têtes de tous les hommes du village entre les mains.

– Eh bien, tous les hommes du village, ça ne me suffit pas. Il me faut du sang neuf. Et puisque le *Dancing Queen* est censé recruter jusqu'à Loudéac...

– Oui bon, n'exagérons rien, ai-je grommelé. Si on attire les habitants de la communauté de communes, ce sera déjà très bien.

– Tu es difficile à satisfaire, ma fille, a dit Nana avec réalisme. Heureusement que la communauté de communes s'appelle « pays de Brocéliande ». Il nous faudrait au moins l'enchanteur Merlin pour te faire apparaître un prince charmant.

– Je ne suis pas difficile. Je veux juste un type gentil, attentionné, travailleur, drôle, qui puisse être un bon mari, un bon père...

– C'est bien ce que je disais, a conclu Nana.

Je trouvais le projet vaguement ennuyeux sans oser l'avouer. Les jeunes femmes avaient si peur de l'avenir. Moi-même j'avais honte de la voie parfaitement tracée que j'avais suivie. Du fait de mon éducation, il m'avait été si simple de devenir prof, épouse de prof, de partager avec mon mari les vacances scolaires, les temps de copies à corriger, les devoirs des enfants en fonction des sphères de compétences – à moi les humanités, à Éric les matières scientifiques. Fallait-il voir dans le fait que Chloé soit devenue professeure de mathématiques l'expression d'une préférence enfantine pour le parent du sexe dit « fort » ? Tout cela était si cadré, si prévisible. Et Chloé qui avait reproduit le même schéma… Avec un prof d'EPS, ce que, elle en était convaincue, sa grand-mère Colette et moi-même avions trouvé forcément moins « noble ».

Il m'avait fallu attendre soixante ans et mon propre accident pour que je m'intéresse aux sorties de route, que je me mette à regarder dans chaque parcours le bizarre, le hors-norme : la relation exaspérée et fusionnelle entre Nana et Karine, l'énigme Marion, l'attirance de ma fille aînée pour un athlète alors que personne dans cette famille n'avait jamais exercé la moindre activité physique – à tort, au vu des infarctus frappant indistinctement toutes les générations. J'ai éprouvé pour la première fois l'impression de m'être perdue en ce monde. Ce que j'étais en train de faire de ma maison, de ma vie m'a paru monstrueux. Ma mère n'aurait pas manqué de me lancer une de ses piques acerbes dont elle savait si bien user. À moins que cela ne l'ait amusée. Les réactions de Colette étaient imprévisibles, oscillant entre jugements à l'emporte-pièce et indulgence absolue, entre humour et ton cassant, entre compréhension et condamnation. Enfant, j'étais terrorisée par cette mère si instable. Je préférais mon père, calme, posé. Mais finalement, lui aussi s'était révélé imprévisible. Les visages les plus familiers pouvaient devenir grimaçants. La vie était freak parfois, il fallait bien le reconnaître.

« Ring my bell »
(Anita Ward)

En 1978, le disco avait quelques heures de boule à facettes derrière lui. Dans son sillage, la mode regorgeait de chemises pailletées, de pantalons pattes d'eph, de cheveux longs sur des torses un peu creux. Tout cela se voulait transgressif, mais au fond c'était assez timide et de « bonne famille ». Les années soixante-dix avaient beau se vouloir libérées, pour percer il fallait être porté par des hommes. Les pionnières du disco, Gloria Gaynor, Donna Summer, étaient noires et femmes, caractéristiques insuffisantes pour emporter l'adhésion de tous.

Les frères Gibb étaient anglais, ils s'étaient associés à trois musiciens australiens pour former leur groupe, ce qui ne les empêchait pas, pour écrire leurs chansons, de préférer rester en famille. Sollicités par John Badham pour composer la bande-son originale de son long-métrage musical, ils allaient faire exploser le genre. En quelques semaines, on ne parlerait plus que du disco, il s'inviterait dans toutes les soirées. Pour ce succès, les Bee Gees donnèrent le meilleur d'eux-mêmes, ils le payeraient cher. Leur vie ne serait pas la fête dont ils auraient pu rêver.

C'était un temps où musique allait de pair avec débordements, alcool, drogue, tabac, nuit, folie. Les adeptes n'y résistaient pas. Pour la plupart d'entre eux, saturday night, c'était tous les soirs. Le plaisir de se griller les ailes. Toutes les filles se pâmaient devant John Travolta. Le disco les cueillait avant même l'adolescence, leur faisait miroiter des princes charmants, des boissons pétillantes, des éclats de rire, des déhanchés provocants.

Soizik n'avait pas tout à fait seize ans. Ses parents ne l'avaient pas autorisée à aller jusqu'à Rennes voir *Saturday Night Fever* au cinéma. La petite salle du village d'à côté ne l'avait pas programmé. Elle attendrait pour connaître la nouvelle mode. Elle se rendait au lycée avec le car scolaire. Son père était toujours l'instituteur de la classe des grands mais l'école comptait désormais quatre sections. Les familles s'intéressaient timidement à Breuil, encore trop loin de Rennes pour être vraiment attractif mais suffisamment bon marché pour attirer les ménages modestes. Leur implantation était récente et les enfants très petits. Des ados, il y en avait peu, quelques jeunes des fermes voisines, quelques anciens camarades de classe, dont la plupart n'avaient pas poussé les études jusqu'au lycée. Nana elle-même s'était installée à Rennes pour suivre sa formation d'esthéticienne. Cette année-là, elle avait travaillé le samedi dans un institut de beauté pour payer ses frais de scolarité. Elle avait boudé Breuil durant quelques mois, laissant son amie d'enfance dans une grande tristesse.

Les parents Diwan avaient acheté un poste de télévision qu'ils regardaient tous les soirs. Leur fille ne quittait pas sa chambre. Elle était parvenue à se faire offrir un transistor. Sur les ondes – les radios libres n'existaient pas encore –, on entendait plus de chanson française, Bashung, Capdevielle, Sardou, que de musique anglo-saxonne. Quarante-cinq ans plus tard, le passage d'une de ces chansons renvoyait illico Soizik dans sa chambre d'ado. Lorsqu'elle daignait sortir de son antre, c'était pour piquer la machine à coudre de sa mère, ouvrir ses pantalons en velours cotelé et les resserrer au maximum. À la fin des années soixante-dix, les filles qui voulaient être branchées devaient se mettre à la couture. Dans ce village, Soizik Diwan faisait figure de privilégiée. Elle habitait une jolie maison, son père avait une position, sa mère s'habillait à Rennes. Personne n'aurait pu imaginer sa solitude. Elle fréquentait le lycée, sûrement des jeunes à la mode, devaient se dire ses anciens camarades du primaire orientés vers des filières manuelles. Des distractions à Breuil, à cette époque, il n'y en avait aucune, ni piscine, ni cinéma, ni terrain de sport, ni même de flipper dans les bistros. Du reste, aucun jeune n'y aurait mis les pieds. Seuls les vieux ou les poivrots fréquentaient les zincs. Pour s'amuser un peu, il fallait attendre l'été, les vacances à la mer, le camping.

Là encore, la famille Diwan se distinguait avec son camping-car. Soizik n'avait pas à planter la tente, comme la plupart de ceux qui débarquaient, blancs et hagards, parmi les pins odorants. Alain n'était pas peu fier de se garer à côté de l'alimentation en eau et de remplir son réservoir chaque matin. Sa famille pouvait prendre sa douche et faire ses besoins en toute intimité. Depuis qu'elle avait atteint l'âge d'une certaine pudeur, Soizik préférait encore se rendre aux sanitaires collectifs que de subir la promiscuité avec ses parents. Elle parvenait à le faire avec suffisamment de discrétion pour que son père ne s'aperçoive pas de sa désertion. Ce manège n'échappait pas à Colette, qui le comprenait. Elle aussi avait souffert de la cohabitation avec ses parents. Manifestement, le mal se transmettait de génération en génération.

Gamine, Soizik avait adoré ces vacances au camping, le club pour enfants sur la plage, la pêche dans les rochers, les lampions le soir, la piste de danse où les adultes semblaient s'amuser si fort. À l'adolescence, elle avait compris les effets de la nuit, des lumières, de la musique sur l'excitation des sens. Longtemps après, une chanson surgie de nulle part, « C'est la fête » de Michel Fugain ou « Brazilia Carnaval » de Chocolat's, pouvait la projeter en arrière, et les souvenirs étaient alors si vifs qu'elle en était effrayée. Ces musiques lui « sonnaient une cloche », comme aiment le dire les Américains.

L'été 1978 au camping fut le plus excitant de tous, mais aussi le dernier, ce qu'elle ne pouvait deviner en arrivant à la mi-juillet parmi les pins, les genêts et les hortensias.

« And the beat goes on »
(The Whispers)

– Ils avancent bien tes travaux, a dit Yanne, en promenant un regard circulaire sur ce qui ne ressemblait plus à un hangar mais à une grande pièce de caractère avec ses murs en pierre, sa belle cheminée, son comptoir de bar en bois sombre et son escalier en colimaçon menant au sous-sol.

– Le parquet sera posé lorsque les travaux du bas seront terminés.

– Logique, a fait Yanne en se précipitant dans l'escalier.

La belle cave voûtée avait été blanchie à la chaux. Le revêtement métallique de la piste de danse était bordé par des blocs de verre coloré contenant des leds, un deuxième bar au comptoir en inox se trouvait à la jonction de la grande cave et d'une plus petite, déjà moquettée, qui servirait de salon. Au fond, la dernière des caves contenait les sanitaires, un débarras, une réserve. Une lourde porte en bois ouvrait sur quelques marches remontant vers le jardin, à l'arrière de la maison.

– Quel effet ça te fait ? a demandé Yanne.

C'était exactement la question que je me posais depuis quelques jours. Durant le temps qu'il avait fallu pour mettre en œuvre ce projet, je m'étais épargné les remises en cause. J'avais agi comme si c'était une évidence, l'accomplissement d'une vie. Maintenant que j'en étais à choisir les éclairages, la couleur des poufs et la forme des tables basses, l'énergie déployée devenait concrète. Le retour au réel s'accompagnait de doutes. Qu'allais-je faire de tout cela ? « Méfie-toi de tes rêves, ils pourraient se réaliser », disait mon père, comme s'il avait eu la prescience de sa propre chute.

« Party time », disait la carte de Yanne.

Il y aurait sûrement eu d'autres manières d'aller vers la fête sans qu'il me faille la créer moi-même. J'étais brusquement effrayée par l'ampleur de la tâche qui m'attendait. Endosser un rôle de cheffe d'entreprise, était-ce bien sérieux à mon âge ? J'allais devoir engager au moins trois personnes pour les bars, une pour le ménage, une pour le vestiaire, même s'il s'agissait des petits-enfants de Nana et de sa belle-fille. Sans compter qu'il allait me falloir un vrai DJ.

– Moi, je te donnerai un coup de main au bar du bas les vendredis et samedis, m'a promis Yanne.

– C'est un sacerdoce.

– Je sais. Je m'engage pour six mois. Si c'est trop dur, je te trouverai un remplaçant. Dans l'immédiat, je peux me faire aider par un pote qui cherche du boulot, Rudy, tu le connais, on était au collège ensemble, il sera ravi. Il a de l'expérience, il a bossé pas mal dans les bars à Rennes. Il travaille dans une crêperie, il en a marre. Même si ce n'est que pour deux soirs, ça lui permettra de lâcher son taf et de se reconvertir. Il avait envie de se mettre à l'agriculture bio. Tu vois, ça tombe bien. Si tu le loges dans la chambre d'amis, il peut même bosser gratos et suivre une formation pendant son temps libre. On fera une bonne paire tous les deux au bar. Et on a de la réserve pour appeler des potes en renfort. Pour le bar du haut, ouvert toute la semaine, prends plutôt quelqu'un d'ici. Comme DJ, j'ai une pote géniale. Tu vois, le casting est fait. Les gens vont être tellement contents d'avoir un lieu convivial pour prendre un café, un verre, ils vont te bénir !

– Tu ne connais pas la nature humaine, ma chérie. J'ai déjà reçu trois lettres anonymes me menaçant de plainte pour trouble à l'ordre public.

– Non !

– Qu'est-ce que tu crois ? Toutes les initiatives sortant de l'ordinaire suscitent des réactions pour les freiner voire les détruire, c'est une loi imparable de l'évolution humaine. Crois-en la prof d'histoire que j'étais.

– C'est débile, dit Yanne.

– L'envie, la jalousie, la peur du changement sont des constantes du tempérament humain. Pense à cette citation de Jonathan Swift : « Quand un vrai génie apparaît en ce bas monde, on peut le reconnaître à ce signe que les imbéciles sont tous ligués contre lui. » C'est elle qui a inspiré John Kennedy Toole pour son génial roman *La Conjuration des imbéciles*. Et tu sais quoi, aucun éditeur n'en a voulu. Le romancier s'est suicidé à trente et un ans. C'est sa mère, bien plus tard, qui est parvenue à le faire publier. Et évidemment…

– Ça a été un succès.

– Exactement. Tu vois, ça ne date pas d'hier. Swift est né au XVIIe. Ses *Voyages de Gulliver* ont d'abord été censurés.

– Ok, mais ça ne me console pas de cet esprit mesquin. Qui dans ce village a intérêt à ce que le *Dancing Queen* n'ouvre pas ?

– Les voisins qui ont peur du bruit, les parents qui ont peur pour leurs ados, les épouses que leurs maris s'encanaillent, les maris que leurs femmes les quittent, les bonnets de nuit qui redoutent l'affluence dans les rues le week-end… ça fait du monde. Alors on peut estimer que deux ou trois protestations anonymes, c'est peu.

Yanne devait se souvenir de mon tempérament de prof impatient, autoritaire, un brin cassant, peu indulgent avec cette fameuse nature humaine dont j'acceptais à présent les failles. *And the beat goes on, still moving strong on and on* aurait pu être ma devise. Ne jamais m'arrêter, rester forte et résister aux aléas, trahisons, déceptions. J'avais été une mère sur laquelle on pouvait compter, s'appuyer, capable de divorcer en faisant passer l'intérêt de ses enfants avant le sien. Heureusement les filles étaient déjà adolescentes et n'avaient pas eu à se plier aux caprices de la garde alternée. Elles étaient restées vivre chez elles, chacune sa chambre, la même depuis l'enfance. Leur père, elles le voyaient tous les jours au collège-lycée, déjeunaient avec lui lorsqu'elles en avaient envie et passaient des week-ends avec lui à la campagne, au bord de la mer ou même en ville, à aller au cinéma, à la patinoire. Cette organisation ne m'avait pas laissé beaucoup d'espace pour reconstruire ma vie. D'autant que Yanne n'avait finalement jamais quitté l'appartement. Pourquoi serait-elle partie ? N'avait-elle pas une chambre agréable et une salle de bains pour elle seule depuis le départ de sa sœur ? Après avoir eu Yanne à Rennes, j'avais désormais Chloé et sa famille à Breuil. Jamais je n'avais connu la paix. Mais une femme qui, sur le tard, décidait de devenir une reine de la nuit souhaitait-elle vraiment la tranquillité ?

« Y.M.C.A. »
(Village People)

Après un hiver 1978 froid, un printemps pluvieux, l'été s'annonçait tout aussi médiocre. Il le demeurerait mais cela la famille Diwan ne pouvait le deviner : à cette époque-là, la météo se vivait au jour le jour. La plupart des gens plantaient leurs tentes dans des espaces rustiques. Aujourd'hui, bien des campings de la côte nord n'en ont plus que le nom. Chacun réserve son mobile-home et peut s'imaginer passer ses vacances dans une véritable résidence secondaire. Certains de ces clubs disposent même de piscines couvertes.

Soizik avait donc seize ans, deux années de lycée et les épreuves du bac de français derrière elle. Elle attendait avec impatience ce mois de juillet, les retrouvailles avec les jeunes des années passées. Elle avait obtenu de ses parents l'autorisation d'inviter Nana et de dormir avec elle dans une petite tente au pied du camping-car. Elle serait morte de honte de devoir partager l'intimité de ses parents devant sa meilleure amie. Alain, son père, ne comprenait pas qu'elle se contente de s'allonger à même le sol alors qu'un bon matelas l'attendait à l'intérieur, à l'abri des insectes et de la pluie.

– Il y a de la place pour Nana, il y en aurait même pour deux autres gamins, lui avait-il dit, sans saisir que sa fille recherchait justement cette distance qu'il déplorait.

Directeur de l'école où il enseignait dans une classe comprenant trois sections, le père Diwan avait eu le temps de bien connaître Nathalie. il voyait d'un bon œil cette amitié. Certes la petite rondouillarde portait moins d'espoirs de réussite que leur Soizik, mais elle avait bon cœur, bon esprit, et venait d'une famille digne qui n'avait jamais fait parler d'elle. Au moins, se disait-il, tant que So traînerait avec Nana, elle ne s'acoquinerait pas avec ces petits cons en Solex, « cheveux longs et idées courtes », comme le chantait Johnny Hallyday, ni avec ces écervelées aux talons trop hauts et aux jupes trop rases. Ça lui allait bien, à lui, qui ne tarderait pas à faire tant jaser, de penser des choses pareilles. En ce début d'été, il était encore le directeur de l'école, marié à la fille du notaire, père d'une jeune fille bien élevée et pleine d'avenir, un type respecté, envié peut-être, mais à cette époque-là l'envie n'était pas malveillante, elle se résumait à dire avec un petit pincement au cœur que ce gars-là n'avait pas manqué de chance dans sa vie. Rien de grave. Surtout qu'Alain n'était pas fier, il connaissait tous les habitants du village, il avait été leur instituteur ou, pour les plus âgés, avait eu, à un moment ou à un autre, leurs gamins dans sa classe. Il avait accompagné, conseillé, aidé. Alain Diwan était un gars aimé, une figure, un de ceux sans qui Breuil n'aurait pas été le même. Il en avait conscience certes, mais n'en abusait pas.

Les six camping-cars étaient regroupés dans un espace dédié où l'approvisionnement en eau et en électricité était commode. Quelques mètres les séparaient les uns des autres, histoire de pouvoir déplier l'auvent, sortir la table et les chaises, allonger les transats et planter la fameuse petite tente des deux adolescentes. Les occupants de ces mastodontes se sentaient l'élite du camping. Ils souffraient moins que les autres du climat de la côte nord, toujours incertain, souvent humide.

La ronde Nathalie et la maigre Soizik étaient à peu près de la même taille, ce qui rendait leur duo harmonieux. Elles étaient capables d'en jouer. Une année, elles avaient remporté un concours de chant sur la plage en interprétant Laurel et Hardy. Nathalie était bien dans sa peau. Dans les années soixante et soixante-dix, les enfants n'étaient pas moins cruels qu'aujourd'hui, mais Breuil était un village minuscule, tout le monde se connaissait. Un harcèlement à l'école primaire n'aurait pas duré longtemps et la punition du bourreau aurait été terrible. Nana avait bien subi quelques Bouboule en cour de récré, mais sans en conserver un réel traumatisme. Au collège, elle était très populaire car joyeuse, débrouillarde, jamais à court d'idées pour le divertissement et n'était pas avare de bonbons. Orientée depuis la fin de sa quatrième en BEP d'esthéticienne, elle aurait pu souffrir des quolibets des autres filles du fait de ses rondeurs, sauf que les professeurs la prenaient en exemple pour la perfection de son maquillage, sa pose de vernis, sa créativité en matière de coiffures ou de vêtements. Elle était admirée plus que raillée. Ces vacances-là, l'été de ses dix-sept ans, étaient les dernières que ses parents lui accordaient. Ensuite, au travail. « Gagne ta vie, ma fille, qu'est-ce que tu crois ? »

Nathalie était très brune, le visage rond, très doux, les lèvres pulpeuses, les cils longs, les yeux sombres. Elle mettait des bandeaux dans ses cheveux qui lui donnaient l'air d'une actrice italienne. Elle attirait les regards des garçons. Ses formes généreuses la faisaient paraître plus mature qu'elle ne l'était réellement.

Soizik ne bénéficiait pas d'un physique aussi spectaculaire. Toutefois, d'un naturel discret, elle appréciait d'être plus passe-partout. Des cheveux châtains, des yeux noisette dans lesquels un soleil généreux pouvait faire briller quelques paillettes vertes, de fines taches de rousseur sur les pommettes, un corps plutôt sec, une poitrine menue, de bons abdos. Il lui aurait fallu beaucoup d'imagination pour se créer un style remarquable, ce qui n'était ni dans sa nature ni dans ses ambitions. Pantalon de velours l'hiver, short l'été, à la rigueur une petite robe à fleurs vaguement démodée, telle était la panoplie de cette fille d'instituteur promise à un joli destin dans l'Éducation nationale. Les garçons ne lui tournaient pas autour, ou seulement pour pouvoir accéder à sa copine plantureuse. Ça ne l'affectait pas, elle n'était pas en demande d'aventures. Elle avait eu un coup de cœur en seconde pour un garçon de sa classe, mais il ne lui avait prêté aucune attention et avait obtenu son admission en première C (maths) tandis qu'elle était orientée en B (économie). Durant l'année, elle était parvenue à surmonter sa déception.

Les deux attractions principales du camping se trouvaient de part et d'autre du bâtiment de la réception : à gauche la piscine, pas tellement plus chaude que la mer mais surveillée, ce qui faisait office de garderie pour les parents paresseux ; à droite la piste de danse et le bar. Pour accéder à la plage, en contrebas, il y avait moins d'un kilomètre, quinze-vingt minutes de marche, un petit chemin propice à la drague, à moins de passer par le village. So et Nana n'avaient pas de préférence particulière pour la plage ou la piscine, elles aimaient la première pour se rouler dans les vagues et se joindre à des jeux de ballon, la seconde pour exhiber leur peau dorée, ointe d'huile de coco. Elles optaient pour l'une ou l'autre en fonction des activités des parents, ne pas les voir, les croiser le moins possible étant leur souci principal.

Leur folie était, le soir, après le dîner, de s'offrir un Coca au bar pour le boire avec une paille en traînant autour de la piste de danse. Alain avait proposé d'acheter des canettes au supermarché, c'était tout de même moins cher, mais les filles étaient soutenues par Colette qui comprenait qu'elles ne veuillent pas « faire leurs radines » : « On n'est pas des pauvres quand même ! ».

On touchait là un point névralgique du couple bancal des Diwan. Des souvenirs de son père notaire, de sa position dans le village, de son enfance dans la jolie maison, Colette continuait de se raconter des histoires de duchesse. Mais le temps de la splendeur était passé, elle n'avait jamais gagné sa vie, ses seuls revenus venaient de la location de l'appartement rennais et de l'assurance vie que ses parents (sa mère était décédée d'un AVC à soixante-dix ans l'année précédente) lui avaient légués en plus de la maison. En revanche, Alain ne cessait de tirer le diable par la queue. Il avait démarré dans la vie avec rien, et vécu avec le salaire d'un instituteur pendant des années. S'il gagnait un peu plus depuis qu'il était directeur de l'école, c'était pour répondre aux sollicitations permanentes de son épouse. En plus des factures ordinaires et de l'entretien de la maison, il fallait envoyer Soizik en séjour linguistique en Angleterre, à la neige l'hiver, la vêtir de neuf à chaque saison. Sans oublier de gâter Colette qui ne manquait pas de se rappeler à son bon souvenir avec la régularité du Trésor public.

Cette année-là avait été curieuse pour Alain. Le décès de son omniprésente belle-mère, au regard peu indulgent, à la tête pleine de principes, avait allégé d'un coup le poids qui pesait sur ses épaules. Il réalisait qu'il venait de passer plus de vingt ans à se sentir observé, jugé, engoncé dans des habits de respectabilité qu'il pensait avoir revêtus de son plein gré mais qui, au fond, n'étaient pas vraiment les siens. Depuis qu'il avait débarqué dans ce village pour y prendre sa place d'enseignant, et pénétré dans la maison des Callac pour y faire son nid, il vivait une vie de vieux, dans laquelle tout paraissait écrit, immuable. Le seul événement imprévu qu'il ait connu, finalement, avait été le décès de sa fille aînée. Les années suivantes il s'était acharné à colmater les brèches ouvertes par cette tragédie. Alain se sentait vieux. Du reste, c'est ainsi que sa fille le voyait, qu'elle voyait sa mère aussi, deux vieux sans fantaisie, figés pour l'éternité dans leur rôle de parents angoissés, ennuyeux, castrateurs. Pourtant en 1978, Colette n'avait guère que trente-huit ans et Alain à peine plus de quarante-cinq. Aujourd'hui, leur jeunesse frappait avec force le souvenir de Soizik, lui faisant prendre conscience qu'ils avaient été projetés dans une existence d'adultes, lui en costume, elle en tailleur, sans même avoir eu le temps de profiter de l'ambiance festive de la post-adolescence.

Cet été-là, So avait l'intention de s'amuser. Ses années de lycée lui avaient coûté, en frayeur, en déception, en solitude. Elle enviait son amie Nana, déjà presque autonome, dotée d'une si belle assurance. Si Soizik avait été moins focalisée sur elle-même, sur les trois garçons qui ricanaient le soir auprès du bar en disant qu'ils avaient dans leur tente une bouteille de whisky pour agrémenter leurs Coca, elle aurait peut-être remarqué le visage fermé de Colette – laquelle avait pensé que ce ne serait pas si difficile de perdre sa mère puisqu'elle avait connu le pire avec la mort de son bébé, mais prenait conscience de jour en jour de cet attachement vicéral, de ce cordon jamais coupé, de cet amour désormais sans objet qui ne cessait de la blesser. Elle n'aurait pas manqué l'expression excédée de son père, cette sensation qu'il avait soudain d'avoir, ces vingt dernières années, supporté au-delà du raisonnable.

L'adolescente était happée ailleurs, subjuguée, envoûtée. La manière dont la musique l'avait enveloppée dès le premier soir, dont les spots l'avaient inondée de leurs lumières violettes, bleues et vertes, dont la boule qui tournait au-dessus de la piste rendait son tee-shirt blanc aussi phosphorescent qu'un ver luisant : « How deep is your love », elle ne pourrait jamais l'oublier. Chaque fois qu'elle entendrait ces harmonies, elle frissonnerait comme la première fois, avec la même intensité. Tous les airs de l'album des Bee Gees étaient destinés à lui devenir familiers. Ils revenaient chaque soir immanquablement et, chaque soir, la jeune Soizik avait l'impression de retrouver son univers, son paradis. Elle n'était plus cette lycéenne poussive, plombée, au quotidien morne, flanquée de parents sans imagination, elle devenait une autre, flottante, aérienne, porteuse d'un avenir immense. Tous les adolescents ont connu cette magie de l'excitation naissante, tous l'ont associée à la musique qui l'accompagnait. Pour So (moins pour Nana qui, plus délurée, poursuivrait sa vie nocturne au-delà de cette mode musicale), ce serait éternellement le disco. Les signes de ralliement des danseurs, les lettres de « Y.M.C.A. » par exemple, la chanson qui venait de débarquer en France et célébrait un peu tout et n'importe quoi, la drague, l'amitié entre garçons et peut-être davantage, mais surtout une nouvelle manière de se trémousser et de se reconnaître…

Sur la piste se téléscopaient des vacanciers de tous âges, des mômes d'une dizaine d'années qui garderaient de ces moments l'impression merveilleuse d'une liberté volée, jusqu'aux retraités qui auraient préféré des rocks à la Presley mais, ma foi, ne rechignaient pas à se coller-serrer sur les slows. Cette diversité contrariait Soizik Diwan car, parmi tous ces noctambules du camping, figuraient ses propres parents, principalement son père. À cause d'eux, elle ne parvenait jamais à abandonner sa vigilance. Elle n'ignorait pas qu'ils l'observaient du coin de l'œil, prêts à intervenir pour remettre bon ordre entre elle et les garçons. Si Nana n'hésitait pas à les suivre jusqu'à leur tente pour verser quelques gouttes de whisky dans son Coca, So préférait conserver sa lucidité, elle n'aimait pas le goût de l'alcool de toute façon.

Cet été-là, près de la piste de danse, Soizik rencontra

Éric. Il était arrivé une semaine après ses copains, ceux du whisky dans la tente. Il portait des pantalons moulants et des tee-shirts blancs. Il avait les yeux clairs et les cheveux blonds. Toutes les filles du camping entre treize et vingt ans s'étaient tournées vers ce nouveau beau gosse. Soizik ne l'avait jamais vu. Les autres étaient déjà là les années précédentes, lui non, elle l'aurait juré. Elle le trouva différent des garçons qu'elle connaissait : il ne semblait pas particulièrement impressionné par les formes de Nathalie, ni par sa manière très libre de les mettre en valeur. Il paraissait plutôt réservé pour un gaillard au physique si avantageux. Elle ne tarderait pas à apprendre qu'il venait de perdre sa mère, une Finlandaise du nom d'Alexandra, au terme d'une longue lutte contre un cancer, et que son père était resté à Rennes pour régler la succession au nom de ses trois fils. Éric était l'aîné – il aurait dix-huit ans en octobre –, venait d'avoir son bac, irait en fac de sciences à la rentrée. Il se sentait perdu. Il étrennait sa liberté nouvelle au camping mais paraissait ne pas savoir qu'en faire. Il ne buvait pas, ne pétaradait pas sur une moto, traînait sa mélancolie entre la plage et la piscine. Le soir, comme Soizik, il restait au bord de la piste scintillante à regarder les estivants se dandiner.

Parmi ces vacanciers encanaillés, Alain Diwan. Son épouse avait tenté quelques incursions au début de l'été et conclu que ces lumières, cette musique, ce n'était pas pour elle. Le soir, elle préférait marcher sur la plage déserte puis discuter ou jouer aux cartes près du camping-car avec les trois ou quatre copines qu'elle retrouvait chaque année. Elles échangeaient sur l'époque, la politique de Valéry Giscard d'Estaing, les récentes législatives, la scolarité des enfants, le coût de la vie, l'ennui conjugal. Pendant ce temps, les maris s'essayaient à la drague près du bar, lançant çà et là des blagues un peu lourdes d'un air gêné – ce n'était pas des professionnels du genre. Alain Diwan n'avait pas l'intention d'entrer dans ce jeu. Il avait pris une chambre très jeune chez les Callac, en avait épousé la fille aînée, et passait ses journées auprès d'enfants. L'arrivée de deux nouvelles institutrices n'avait rien changé à sa placidité. L'une était une vieille fille en fin de carrière, la deuxième une plantureuse mère de quatre enfants. Alain ne connaissait rien à la séduction. Il se sentait vieux de toute éternité. Ce qu'il ressentit lorsqu'il vit Marie-Christine M. entrer sur la piste de danse, perchée sur ses talons, dans sa robe blanche éclatante et parfaitement ajustée à son corps mince et ferme, il ne l'avait pas prévu, il ignorait même que ce type de sensation, proche de la décharge électrique, puisse exister.

Marie-Christine avait fait partie de sa première fournée d'élèves lorsqu'il avait été nommé à l'école de Breuil. Elle était restée dans sa classe pendant quatre ans, du CE1 au CM2. Elle avait été une petite fille appliquée, relativement sage quoiqu'un peu bavarde, vivante, levant le doigt à tout bout de champ, un rêve d'écolière pour un jeune instituteur timide. Il l'avait croisée dans le village durant quelques années après son départ du primaire, puis il ne l'avait plus revue : ses parents avaient déménagé dans une bourgade plus proche de Rennes, desservie par un bus de la STAR, le réseau local. Lors de son départ de Breuil, elle devait avoir une quinzaine d'années et s'annonçait comme une très belle jeune fille. Là, sous le chapiteau du camping des dunes, Alain en demeurait pétrifié. C'était elle qui était venue vers lui avec un enthousiasme d'enfant. Elle lui avait presque sauté au cou :

– Monsieur Diwan, quelle bonne surprise, qu'est-ce que vous devenez ?

C'était plutôt à elle qu'il fallait demander ça, lui n'avait pas bougé, pas changé, toujours le même petit monsieur planté dans sa classe à plusieurs niveaux, deux désormais, rentrant déjeuner chez sa femme dans sa maison de l'autre côté de la rue. Il essayait d'évaluer son âge, vingt-cinq ans peut-être, ce n'était plus une gamine, il ne fallait pas qu'il s'étonne d'être ému, mais justement cet âge-là, dépourvu de tabou, le mettait en danger.

– Et toi, que deviens-tu ?

Il avait d'abord hésité à la tutoyer, puis s'était dit qu'il l'avait fait au quotidien durant des années et que le vouvoiement, au contraire, aurait pu laisser entendre un changement de leur relation, une ambiguïté. Elle lui annonça qu'elle avait décroché un poste au centre des impôts de Montfort après une capacité en droit et une première expérience à la mairie de Rennes, qu'elle allait revenir du côté de Breuil, peut-être même à Breuil si elle trouvait à s'y loger, ce serait encore moins cher qu'à Montfort où elle s'était installée pour l'instant dans un studio proche de la gare, son nouveau travail débuterait après les vacances. Le centre des impôts ? Alain Diwan hocha la tête. Vraiment, il ne l'aurait pas imaginée dans un bureau, mais après tout, elle n'y resterait peut-être pas longtemps dans ce bureau, allez savoir si cette créature ne deviendrait pas tôt ou tard contrôleuse fiscale. Cela lui fit froid dans le dos, même si jamais il n'avait été confronté au fisc, il était trop petit poisson pour cela. Marie-Christine rejeta ses cheveux clairs et soyeux en arrière comme dans une publicité pour shampoing. Elle se balançait d'un pied sur l'autre, telle une fillette intimidée. De cela il se rendit compte et brusquement se sentit de nouveau apte à reprendre le contrôle de la situation. Elle tenait un verre avec une paille.

– C'est un planteur, dit-elle.

Elle avait un peu trop bu déjà.

– Vous ne voulez pas danser ? le pria-t-elle en rejoignant la piste de danse.

Il n'avait jamais été très fort pour cela, il venait d'une famille trop pauvre pour avoir connu cette insouciance. Ce premier soir, il se contenta de la regarder tournoyer dans sa robe blanche que les spots électrisaient. Par moments, elle s'approchait de lui en souriant. Elle l'avait pris pour cible. Ce qui se jouait dans la tête de cette jeune femme entreprenant de draguer son ancien instituteur de l'âge de son père était un mystère. Pourquoi lui ? se demanderait-il plus tard. Parce qu'il était là, tout simplement, libéré par la disparition de sa belle-mère, prêt à se lancer enfin dans quelque chose d'extraordinaire.

So et Nana étaient trop jeunes pour se souvenir de Marie-Christine à l'école.

– C'est qui cette fille qui tourne autour de mon père ?

– Aucune idée, elle est bourrée sûrement, répondit Nana. Bah, ton paternel n'a pas trop l'air d'y faire attention. Viens plutôt danser avec moi.

Soizik trouvait au contraire son père tellement hypnotisé qu'elle comprit exactement ce que signifiait l'expression « des yeux de merlan frit ». Toutefois Alain ne faisait pas mine d'avancer ni même d'envisager de passer à l'action. Par ailleurs, c'était son père, elle ne pouvait pas imaginer qu'il puisse inspirer du désir à une fille montée comme une Miss France. Elle oublia vite l'incident.

Le lendemain, elle croisa la pin-up avec une bande de trentenaires dont certains étaient affublés de très jeunes enfants. Ce monde était si éloigné de celui des Diwan qu'elle ne fit pas attention et se tourna vers l'événement de ces vacances : l'élection de la Disco Queen du camping.

« Disco Queen »
(Sylvie Vartan)

Nana, qui ne redoutait rien, espérait faire sensation. Elle avait une manière fluide et sensuelle de se déplacer en dépit de ses kilos en trop, le sens du rythme et la capacité à reproduire sans mal des chorégraphies entières. Dans la journée, elle tentait d'inculquer les mouvements de base à son amie qui n'était hélas pas dotée des mêmes qualités. So était plutôt rigide et sans grâce, incapable de suivre la musique. Il faut dire que, chez les Diwan, on n'entendait guère que du Gilbert Bécaud et du Charles Aznavour.

– Je pointe en l'air, répétait Nana en montrant le ciel du doigt, et à terre (idem mais en montrant le sol), et petits moulinets (ses bras croisés tournaient sur eux-mêmes), je jette, je jette (elle faisait mine de balancer de la main droite des assiettes qu'elle aurait tenues de la main gauche), pied devant, derrière, devant, derrière, et je tourne.

Si Nana n'avait pas adoré sa vieille copine, elle se serait rendu compte que celle-ci n'avait pas de grandes dispositions pour la danse, mais cette initiation occupait leurs journées et Nana était dotée d'une grande patience.

L'élection de la Disco Queen était prévue pour la mi-août, avant le grand retour des vacanciers vers leurs vies laborieuses. En attendant, les estivants s'en donnaient à cœur joie, le soir, sur la piste de danse. « Danse, danse, Disco Queen, car au bout de la nuit ton règne finit… »

Colette Diwan, qui ne comptait pas prendre part à cette élection à laquelle elle ne comprenait rien, regardait l'entraînement des filles non sans une certaine condescendance.

– Heureusement que nous sommes en vacances et que le ridicule ne tue pas, disait-elle en soupirant.

La pauvre, si elle avait seulement pu imaginer ce qui se tramait…

Passé le premier soir marqué par la spontanéité des retrouvailles, l'opération de séduction de Marie-Christine s'était faite suffisamment discrète pour que So n'en soit pas alertée. Ce qui ne retirait rien à l'aspect ostentatoire des interventions de la demoiselle sous la boule à facettes. Elle avait dû prendre la mode disco à ses débuts car ses pas, son ventre, ses bras se déployaient avec un naturel confondant.

Elle se déhanchait ainsi « jusqu'aux lueurs du jour, comme pour se noyer dans l'oubli ».

– Elle est bonne, reconnaissait Nana, admirative.

Ses longs cheveux blonds, ses dents blanches et

alignées, ses jambes nues perchées sur les talons compensés ne manquaient pas de concentrer les regards de tous, hommes et femmes. Après plusieurs soirées, il était clair que l'instituteur était comme un animal pris dans les phares d'une voiture. Soizik en était de plus en plus gênée. Elle était sur le point d'en parler à sa mère lorsque soudain, à son grand soulagement, l'intérêt de son père pour la créature cessa. Il en vint à se contenter de prendre un verre au bar, de jeter un œil distrait sur la piste de danse, d'échanger un regard de complicité avec sa fille et, hop, il filait rejoindre le camping-car. Si Soizik avait eu plus d'expérience, ce brusque revirement l'aurait inquiétée. Comment une si grande tension sexuelle avait pu se transformer en indifférence notoire, voilà qui signifiait quelque chose. Avec un peu plus de culture, elle aurait pensé à la formule d'Oscar Wilde, grand jouisseur devant l'Éternel : « Le seul moyen de se délivrer d'une tentation, c'est d'y céder. » Mais elle était jeune et tendre, souhaitait trop ne pas s'encombrer l'esprit pour pouvoir se concentrer sur le dancing.

La réalité la saisit avec d'autant plus de violence. Dans sa mémoire, tout eut lieu la même journée, à quelques heures à peine de distance, mais peut-être ce télescopage, cette compression du temps n'étaient-ils qu'un jeu de son esprit destiné à amplifier le traumatisme.

Après le repas de midi, il était de tradition de faire une sieste : il fallait se méfier du soleil et des insolations.

Bien sûr, les filles auraient pu répliquer qu'en Bretagne nord les insolations ne couraient pas les hôpitaux, mais elles étaient si habituées, depuis l'enfance, à entendre cette mise en garde qu'elles ne remettaient plus en question ce temps calme indispensable à la digestion. Dire qu'elles faisaient la sieste serait exagéré, mais elles s'étendaient volontiers au pied d'un pin pour discuter encore et encore. Ce qu'elles pouvaient se dire de si important alors qu'elles ne se lâchaient pas d'une tong depuis plus de trois semaines, Soizik n'en gardait pas de véritables souvenirs, sans doute s'agissait-il des désirs romantiques qu'elle ressentait désormais pour le timide Éric, des projections de Nana sur l'élection imminente de la Disco Queen, de leurs rêves pour plus tard, les familles qu'elles construiraient, le métier qu'elles exerceraient, ces choses que les adolescentes ne se lassent pas d'évoquer. Vers quinze heures, elles se mirent en route vers la plage afin de rejoindre les garçons et leur quotidienne partie de volley-ball. Une fois n'est pas coutume, elles décidèrent de passer par le village, Nana voulant se trouver des boucles d'oreilles pour l'élection du soir et un nouveau petit top blanc qui serait mis en valeur par les sunlights. Au coin de deux ruelles qu'elles n'empruntaient jamais, elles tombèrent sur Alain Diwan, l'instituteur modèle, qui enlaçait son ancienne élève en lui dévorant goulûment les lèvres. Nana eut trop tard le réflexe de mettre sa main sur la bouche de So pour l'empêcher de crier. Le couple l'entendit, et se retourna. Le père de l'adolescente outragée devint aussi blanc et tremblant qu'un fantôme. Sa complice, interloquée, paraissait ne pas comprendre l'enjeu de cet instant. Nana, prise d'inspiration, entraîna son amie vers la plage, comme si rien ne s'était produit.

– Tous les hommes sont pareils, lui dit-elle lorsqu'elles furent hors de vue. Mon père a trompé toutes ses femmes, y compris celle avec laquelle il vit aujourd'hui. Faut pas en faire une histoire. Le dis pas à ta mère. Tant qu'elle sait rien, tout va bien.

Soizik tentait tant bien que mal de se remettre de cette vision d'horreur. Elle était reconnaissante à Nana de savoir si bien trouver les mots pour rendre la situation somme toute banale. Elle n'avait jamais envisagé son père comme un homme ordinaire mais elle préférait qu'il en soit ainsi plutôt que de devoir le considérer comme un salaud. Du reste, elle ne mit pas longtemps à rejeter la faute sur la fille :

– La salope, qui drague des hommes mariés, non mais tu te rends compte ?

Nana se rendait surtout compte que les hommes mariés étaient facilement corruptibles mais elle préféra laisser son amie faire rejaillir la responsabilité de l'adultère sur la jeune femme.

À la plage, So n'eut le cœur à rien. À tel point qu'Éric mit prématurément fin à la partie de volley pour s'enquérir de son état.

– Non je t'assure, je n'ai rien, ça va aller.

Il perçut de sa part une inhabituelle répugnance. Il lui proposa d'aller manger une glace mais elle était trop terrorisée à l'idée de retourner en ville et de retomber sur son père pour accepter.

– On peut la prendre au kiosque et la manger sur la plage.

La gentillesse d'Éric finit par avoir raison des réticences de So. Après tout, ce n'était pas elle qui était trompée, tentait-elle de se convaincre, quoiqu'au fond elle sût que oui, évidemment, c'était elle qui était trompée, elle la fille soumise, obéissante, admirative, elle qui avait filé droit pour ne pas décevoir, et voilà comment on la remerciait. Elle avait envie de pleurer. Éric était désarmé, il redoublait d'attention. Il lui prit la main pour l'emmener marcher sur la plage, il lui caressa la joue et y déposa un baiser furtif dont elle lui sut gré. Elle aurait détesté qu'il lui dévore la bouche comme son père avec cette fille.

Le soir même, Marie-Christine, au mieux de sa forme, triomphait au dancing et devenait la première Disco Queen de l'histoire du camping. Soizik avait lutté pour rester autour de la piste de danse. Elle ne pouvait pas abandonner Nana qui, d'un point vue technique, n'avait pas démérité, mais disposait hélas de moins d'avantages. Elle-même n'avait pas tenté de participer. Le père, cela va sans dire, s'était tenu à l'écart des festivités. Manque de chance, sa femme avait voulu voir à quoi pouvait ressembler ce concours, et il n'avait pu échapper à la vision de son ange glorifié sur la piste. Avec un naturel déconcertant, Colette déclara :

– Franchement je ne pensais pas que Nana était si douée, elle est bien meilleure que la grande gigue en blanc qui a vraiment l'air d'une pute.

Et, là-dessus, Colette suggéra d'emporter les cocktails sous l'auvent du camping-car, on serait bien plus au calme pour les savourer. D'autant qu'elle avait proposé aux Thiercelin de les rejoindre vers vingt et une heures pour une belote. Alain, toujours sous le choc d'avoir été surpris par sa fille, ne demandait pas mieux que de prendre de la distance.

Cette rencontre fortuite eut de graves conséquences. Alain Diwan trouva vite insupportable de se trouver à la merci de ce que sa fille pourrait rapporter à sa mère. S'il lui avait parlé, il aurait su que son intention était de demeurer silencieuse. Cette affaire n'aurait pas dépassé le cadre de l'été, la rentrée aurait apporté l'apaisement, d'autant qu'Éric, touché par le désarroi de So, s'était enfin déclaré. Cette année-là aurait seulement éloigné le poussin du nid, rien d'anormal, la vie des parents aurait repris son cours. Mais il n'en fut pas ainsi car le fautif se sentait désormais traqué. Comme tous ceux qui ont manqué de confiance et d'assurance, Alain Diwan provoqua l'échec qu'il redoutait. Cela faisait trop longtemps qu'il se tenait à carreau pour ne pas mettre en péril sa petite vie si tranquille, si confortable. Et voilà que l'épée ne tenait plus qu'à un fil au-dessus de sa tête. Incapable d'attendre qu'elle lui tombe dessus, il prit les devants et, avant même la fin des vacances, avoua à Colette, ébahie, qu'il était tombé amoureux de Marie-Christine.

Une nuit, les filles entendirent des cris monter du camping-car. Puis la porte claqua et le silence revint. Le lendemain, Colette n'était pas à la table du petit déjeuner. Alain leur dit qu'elle était rentrée avec les Thiercelin et qu'eux-mêmes allaient plier bagages dans la journée. Nana était gênée pour son amie. Elle aurait préféré ne pas être témoin de la faillite de sa famille. À côté de ce marasme, son échec au concours de la Disco Queen n'était plus si grave.

Tout se fit sans bruit. Démonter la tente, la replier, ainsi que l'auvent, les chaises, prendre place dans le camping-car, une heure et demie de route, et retour à la maison. Des valises attendaient sur le perron avec un mot : « Prends tes affaires, ton camping-car et va-t'en. La voiture est à moi, la maison aussi. Que je ne te revoie plus. »

Alain était encore sous l'emprise de sa passion. Finalement, ce renvoi l'arrangeait. Il allait pouvoir assouvir son désir. Il était trop tôt pour songer aux conséquences. Trop tôt pour se mettre à la place de Colette qui, la même année, perdait sa mère et son mari, ou à la place de Soizik qui, dévorée par la honte, n'osait plus sortir de chez elle, d'autant que son lycée de Montfort n'était pas loin du studio de Marie-Christine dans lequel Alain Diwan avait emménagé. La situation n'était pas tenable. Après quelques semaines pénibles, So demanda à continuer sa scolarité à Rennes en internat. Ses résultats avaient chuté, elle maigrissait et se renfermait. Colette accepta à contrecœur. Éric avait hérité de sa mère un petit deux-pièces rue de Robien, à côté de la place Hoche, à moins de dix minutes à pied du lycée Jean-Macé.

– Installe-toi avec moi, suggéra-t-il à So.

Ainsi, à seize ans et demi, Soizik commença-t-elle à vivre en couple.

Quant à Alain Diwan, le fait d'officier en face de son ancien foyer rendait sa vie difficile. Les parents des écoliers paraissaient désormais se méfier de lui. Au fur et à mesure que sa passion déclinait, la raison lui revenait et l'énormité de ce qu'il avait fait lui apparaissait. Après quelques semaines, il fit un premier infarctus qui le laissa très affaibli à l'hôpital. Sa dulcinée en profita pour lui suggérer de ne pas rentrer chez elle, le studio était vraiment trop petit pour deux. La secrétaire du service de cardiologie du CHU de Pontchaillou appela donc Colette Diwan pour l'informer de la sortie prochaine de son mari.

Tout d'abord tentée de refuser le paquet-cadeau en demandant le divorce, Colette s'apitoya. Par ailleurs, elle n'avait pas grand-chose d'autre à faire que de s'occuper d'Alain. Ses parents reposaient au cimetière de Breuil, sa fille unique ne vivait plus avec elle, la présence de son mari la distrairait et elle passerait pour une sainte.

– Que voulez-vous, il faut bien leur pardonner ! La crise du milieu de vie, ça arrive à tout le monde ! se plaisait-elle à répéter.

Effectivement, tout le village ne tarda pas à donner en exemple la stoïque Colette Diwan qui avait eu le cœur de reprendre chez elle son mari infidèle, malade et contrit. Le concernant, malheureusement, il était inapproprié d'appeler son incartade « crise du milieu de vie », car l'année suivante un second infarctus mit fin à toute velléité de sa part d'échapper à son destin. Il mourut, contrit, dans la chambre conjugale, sous la surveillance de sa sainte épouse. À ses obsèques, le village oublia sa sortie de route pour ne retenir que le bon instituteur qu'il fut pour les enfants de cette commune, le bon directeur d'école qui avait su conduire ses classes vers la modernité. Et Colette Diwan-Callac fêta ses quarante ans libérée de toutes ses obligations.

Tout était allé si vite. Attablée dans la grande cuisine, Soizik Diwan regardait sa mère s'agiter pour lui préparer un repas du dimanche. Depuis deux jours, Alain Diwan, quarante-sept ans, reposait au cimetière de Breuil à proximité de ses beaux-parents, puni par le sort pour s'être laissé diaboliquement tenter. La créature, elle, n'avait pas osé se montrer à l'enterrement. D'aucuns disaient qu'elle était dans le fond de l'église, un grand châle sur la tête et un manteau informe pour dissimuler son corps. Ce n'était pas impossible, mais Soizik ne l'avait pas vue, ce qui était l'essentiel. En ce mois de mars 1979, il ne cessait de pleuvoir, l'air était chargé d'une humidité glaciale. Chacun se réfugiait sous les fichus et les parapluies, ce n'était pas un temps à dévisager ses voisins. En tout cas, auprès de la tombe, Marie-Christine n'y était pas, c'était certain.

Soizik se demanda comment une année avait suffi pour la faire passer de petite fille sagement rangée entre ses parents et sa grand-mère, bonne élève, jamais embrassée par un garçon, dont la seule transgression était d'écouter des variétés sur son mini-transitor made in the USSR, à jeune femme en couple, orpheline de père, en charge d'une mère dont l'avenir posait question. Car de quoi vivrait Colette sans le salaire de son mari ? De la location de l'appartement de Rennes, de l'assurance vie ? Certes, c'était déjà ça, mais serait-ce suffisant ? Un jour, elle aurait droit à une petite pension de reversion mais quand ? Elle n'avait guère que quarante ans. Ne pourrait-elle pas travailler ? Soizik n'osait pas aborder le sujet, mais elle s'inquiétait. Si elle devait subvenir à ses besoins, elle pouvait dire adieu à ses études. Par chance, Colette avait la tête sur les épaules et l'esprit pour anticiper les problèmes :

– Je vais demander un poste à la mairie, je sais par Odette qui est au conseil municipal qu'ils veulent ouvrir une bibliothèque à côté de l'école. Il y aurait un poste à mi-temps, ce serait parfait. Et la lecture, ça me connaît. Toi, tu te concentres sur tes études. Une maîtrise, le Capes et, dans cinq ans, te voilà avec un travail sûr, bien payé et plein de vacances. C'est ce que ton père voulait pour toi. Prof, c'est un bon métier pour une femme.

Soizik se sentit à la fois soulagée (de ne pas avoir le couteau sous la gorge) et triste (d'être sur une voie aussi tracée). À la rentrée, elle était allée à la fac. Comme tous les lycéens ni vraiment scientifiques ni vraiment littéraires, qui avaient choisi une section B au lycée, elle n'avait guère eu pour option que l'économie (mais son niveau en mathématiques aurait été trop juste pour s'y sentir à l'aise) ou l'histoire. Au fond, dans la matière qu'elle enseignerait, l'histoire-géo, elle n'avait pas eu le choix non plus. De son côté, Éric, en fac de sciences, déchantait sur les débouchés qui s'ouvriraient à lui. Il lui aurait fallu un niveau supérieur pour accéder aux universités parisiennes et aux grandes écoles. Finalement, la perspective de devenir professeur de physique-chimie, d'avoir le même rythme hebdomadaire et les mêmes vacances que son épouse était très rassurante. Il passerait le Capes un an avant elle et son affectation déterminerait celle de Soizik. Pour cela, il serait bon qu'ils se marient rapidement. Et pourquoi pas ? Qui pourrait les en empêcher lorsqu'elle deviendrait enfin majeure ? Si Colette gagnait sa vie, ils pourraient peut-être récupérer l'appartement de la rue Saint-Georges et envisager d'avoir des enfants. Éric et Soizik, comme tous les jeunes privés trop tôt de soutien parental, trouvaient dans l'édification de leur propre nid la confiance que le deuil et la sidération qui s'ensuit leur avaient fait perdre.

« I will survive »
(Gloria Gaynor)

Étrangement, Soizik n'avait pas pris en grippe la musique qui lui avait ravi son père. Au contraire, elle l'associait à la vie d'avant, à l'insouciance, à l'idée que tout est possible lorsqu'on possède l'aisance, car alors l'espace nous appartient, le regard des autres devient un soutien et non un poids, les rêves sont permis. Si Colette avait su se déhancher convenablement, elle ne serait pas restée chaque soir sous l'auvent du camping-car pour jouer à la belote avec les voisins, Alain n'aurait pas eu le regard attiré par le papillon de nuit qui voletait devant le bar et aucune de toutes ces catastrophes ne serait advenue. En quelque sorte, cette période tragique avait ouvert dans le psychisme de Soizik la possibilité d'une revanche qui passerait par la maîtrise de la vie nocturne.

Son existence ultérieure n'avait pas été particulièrement « disco ». Elle s'était mariée l'année où Éric avait été reçu au Capes et affecté au collège Anne-de-

Bretagne, elle-même réussissant son concours l'année suivante et entrant au collège Les Gayeulles. Avec leurs deux salaires et le mini-loyer qu'ils versaient à Colette en échange de l'appartement de la rue Saint-Georges, ils avaient l'impression d'être riches et adultes. Chloé était née après seulement quinze mois de mariage. Tout s'était enchaîné, comme souvent dans la vie, devenir parent, s'adapter, avoir un deuxième enfant, s'adapter, vouloir une promotion, et pour Soizik cela passait par le concours de l'agrégation en interne, qu'elle avait dû recommencer trois fois avant de réussir, puis entrer au lycée (Émile-Zola) avec la nette sensation d'avoir franchi un seuil et s'adapter encore, divorcer, s'adapter, voir Chloé partir puis se marier, s'adapter, devenir grand-mère, s'occuper de Colette qui, à la retraite, avait commencé à se plaindre de sa solitude en dépit de ses quelques heures de bénévolat à la médiathèque (qui avait succédé à la vieille bibliothèque) et de son intégration dans le groupe de randonnée du village. La disco attitude ne s'était jamais imposée au milieu de cette succession de petites marches dont Soizik aurait pu croire qu'elles la mèneraient en haut d'un escalier mais lequel ? Avec le recul, les marches n'étaient-elles pas plutôt descendantes ? Et l'aboutissement – la vieillesse et la mort –, qui voudrait le considérer comme une fin en soi ?

Soizik avait survécu, ça oui, et même bien vécu, au regard des critères de la société contemporaine. Jamais au chômage, deux enfants, des petits voyages tous les ans, des colonies de vacances à la montagne pour les petites, des séjours linguistiques, et tout le confort. En y réfléchissant, ce qu'il lui aurait fallu pour être disco pouvait se résumer en un seul mot : la légèreté. Et, sur ce point, le bilan de sa vie était sans appel. Même la manière dont elle se traînait désormais, la bouée autour de sa taille et la peau d'orange sur ses cuisses disaient la pesanteur des années. S'il lui restait une chose à réussir enfin, avant de disparaître pour de bon, c'était exactement ça : atteindre ce point de légèreté, cette bulle dans laquelle la fatigue n'existe plus, où les palpitations sont celles de la joie, non plus celles de l'angoisse, où le sourire devient l'état naturel du visage et l'esprit un ballon d'hélium attiré vers les cimes.

Comment atteindre cette légèreté ? Rien que d'y penser rendait la chose pesante. Pour s'inspirer, elle dressait des listes un peu absurdes de ce qui rend la vie légère, de ce qui la plombe.

Ce qui est lourd :
La plainte
La tristesse
Le passage du temps
Le labeur
L'application
Louis-Ferdinand Céline
La philosophie de Kant
L'immobilité

La pauvreté
L'argent
La convoitise
Les désirs impossibles

Ce qui est léger :
La joie
L'oubli
Le mouvement du corps
La danse
Le rire
Marcel Proust
La philosophie de Spinoza
L'activité de l'esprit
L'insouciance matérielle
La solidarité
Les désirs qui peuvent être assouvis

Elle aurait pu mettre Wagner dans ce qui est lourd et Mozart dans ce qui est léger mais elle préférait ne pas s'aventurer sur ce terrain car elle avait toujours préféré la musique romantique à la musique baroque, ce qui faisait d'elle une personne naturellement encline à la mélancolie et sensible à une forme de lourdeur. Elle faillit ajouter au lourd les Rolling Stones, au léger les Beatles, ça elle pouvait l'assumer, mais ce n'était pas le propos. Le disco était l'objectif, les autres musiques n'en étaient que les faire-valoir. Dans la vie de Soizik Diwan, le plaisir, à peine né, était mort sur la piste de danse d'un camping, sous une boule à facettes, au son du disco. De cela elle ne pourrait jamais se sortir.

Nana était une femme simple, mais dotée d'une grande intelligence de cœur qui lui donnait beaucoup de finesse. Elle avait tout de suite compris quelle réparation cherchait Soizik à travers son histoire de discothèque. Derrière son acharnement à aider Chloé à réaliser le fantasme de son amie, il y avait cette idée que, peut-être, du succès de l'entreprise viendrait la guérison.

Après leur désastreuse fin d'été 1978, Nana avait cherché du travail et en avait trouvé dans un institut de beauté de la place des Lices. Soizik vivait non loin avec son copain. Elle n'hésitait pas à faire ses épilations chez sa vieille copine, même si sa présence lui rappelait la gêne qu'elle avait ressentie à voir son père se donner en spectacle. In fine, So avait eu raison de ne pas couper les ponts car Nana avait été un bon soutien lors des obsèques. Du reste, ce moment avait marqué la fin de la disgrâce : son père ne pourrait plus lui faire honte désormais, qu'il repose en paix. So avait un peu culpabilisé de ressentir ce soulagement. Deux ans plus tôt, elle aurait été désespérée de perdre son père. Il avait été l'idole de son enfance, celui que tous ses copains de classe lui enviaient. En deux ans, elle était devenue une adolescente sur le qui-vive, hantée par les possibles frasques de ses parents. Depuis qu'elle vivait à Rennes, elle s'était mise à fumer. Elle allait dans les cafés entre les cours avec d'autres lycéens. Elle avait perdu ses illusions de petite fille. Nana avait compris tout cela.

Ce qui est lourd :
Le rock
Le complexe de supériorité
Le complexe d'infériorité
La conscience de classe
L'hôpital
L'alcool
La nourriture
L'amour
La solitude

Ce qui est léger :
Le disco
L'humour
La grâce
La générosité
La fumée
L'élégance
L'amitié
La fraternité/sororité

Elle en avait établi, des listes. Elle pouvait dire qu'elle savait ce qui rendait la vie lourde, ce qui rendait la vie légère, mais entre savoir et être capable de changer de ressenti, comment faire ?

Ce qui est lourd :
La peur
La douleur physique
La maladie
La souffrance psychique

Ce qui est léger :
L'insouciance
Le bien-être
La santé
Le bonheur

Oui, bien sûr, tout cela était une évidence. Comme ces phrases absurdes : « Mieux vaut être riche et bien portant que pauvre et malade » (Francis Blanche) ; « L'argent est préférable à la pauvreté, ne serait-ce que pour des raisons financières » (Woody Allen) ; « Je me suis mis à être un peu gai parce que l'on m'a dit que c'était bon pour la santé » (Voltaire).

À soixante ans bien passés, Soizik avait eu le temps de faire le tour de ces questions. Mais comment devenir un peu gaie ? Comment être bien portante ? Comment ne pas penser à l'argent ? Elle était d'accord avec l'objectif, mais comment l'atteindre ?

Cette légèreté que la plupart des gens méprisaient

– « C'est un peu léger » (sous-entendu : ça manque de profondeur, de consistance), « C'est une femme légère » (peu fiable, pas fidèle), « Cette œuvre est pleine de légèreté » (gentillette) –, Soizik avait depuis longtemps l'intuition qu'elle était, au contraire, la clé de la sagesse, peut-être même du bonheur. Elle aimait cette célèbre phrase de Paul Valéry : « Ce qu'il y a de plus profond dans l'homme, c'est la peau. » Autrement dit, le plus fondamental est ce qui affleure à la surface. Valéry était agacé par les mots « profond » et « profondeur » dont chacun aime à se repaître. Soizik comprenait exactement ce point de vue : il est si difficile de devenir léger, cela ne nous est pas donné à la naissance. Les bébés sont des êtres lourds, ils pleurent avant de rire, ils sont mal à l'aise dans leur corps, ils ont faim, souffrent de digestion difficile, ils s'impatientent. Peu d'enfants sont vraiment gracieux, leurs caprices, leurs désirs, leurs exigences, leurs cris, tout cela est lourd. Quels sont les élus qui parviennent à s'alléger au fil de la vie ?

De tout ce que Soizik avait pu expérimenter au cours de son existence, le moment le plus léger remontait à ce début d'été 78 au camping, lorsque les spots reflétaient leurs lumières sur la boule à facettes, que la musique semblait entrer en elle pour la mettre en transe, qu'elle sentait monter son envie de flirter avec ce joli garçon blond si sérieux. Ces quelques jours possédaient toute la liberté et la légèreté du monde. Sans doute n'avait-elle pas été la seule à ressentir cela puisque Marie-Christine s'était lâchée et que son père s'était laissé aller à succomber à la tentation. Ce qu'elle retenait de ces instants n'était pas la chute qui avait suivi mais bien cette suspension délicieuse, cette impression que tout devenait possible. Même les bêtises. Soizik n'avait jamais fait de bêtise, hormis fumer un paquet de cigarettes blondes par jour pendant plus de quarante ans, mais à ce degré ce n'était plus de la bêtise, c'était du vice.

« Going back to my roots »
(Odyssey)

– J'ai des potes à te présenter pour le *Dancing Queen*, m'assurait Yanne depuis le début de notre odyssée.

De fait, elle avait ce copain que je lui connaissais depuis le lycée, un très beau garçon métis dont j'aurais assez aimé faire mon gendre mais qui s'était révélé homosexuel quelques années plus tard. J'en étais tombée des nues. « Qu'est-ce que tu croyais ! s'était exclamée Yanne, je m'en doutais depuis longtemps, mais je n'allais pas le forcer à faire son coming-out. »

Rudy, prénom de cet apollon noir, en avait assez des galères des bars de Rennes et des loyers qui ne cessaient d'augmenter. Il ne visait pas seulement les deux soirs d'ouverture de la boîte mais un travail fixe :

– Je sais bien, madame Soizik, que ce ne sont que deux soirs par semaine mais je peux aussi rendre service les autres jours, tenir le café par exemple. Sans compter que je suis bricoleur. Si vous me logez, je ne demanderai pas un gros salaire. Un Smic me suffira.

Au premier étage, les deux petites pièces contenaient les garde-robes complètes de plusieurs générations d'habitants : les grands-parents Callac, mes parents. Dans la perspective d'un allègement, il était peut-être temps de me débarrasser des costumes de mon grand-père notaire, des robes des années trente, quarante, cinquante, soixante, etc. et de tous les pantalons, vestes et blousons de mon père.

– J'ai effectivement une chambre à te proposer.

Bonne pâte, j'ai dans la foulée accepté les propositions de tous nos proches au chômage. Nous commencions à former une sacrée équipe. Marylène, la belle-fille de Nana, était d'accord pour faire le ménage et travailler le matin au café. Nous ne ferions pas de restauration, c'était beaucoup trop de soucis. Les vendredis et samedis, Marylène se posterait à l'entrée pour faire l'encaissement, ses ados tiendraient le vestiaire. Au quotidien, Rudy s'occuperait des apéros l'après-midi jusqu'à vingt heures et gérerait les bars les week-ends. Pour le DJ, j'ai recruté la copine géniale dont Yanne me parlait depuis quelque temps, une certaine

Camille, lookée, cheveux platine en pétard et boots aux talons compensés très épais.

C'est bon, nous sommes au complet, ai-je pensé. Je commençais à craindre d'avoir vu trop grand. Rien ne m'avait prédisposée à diriger plus qu'une classe de lycée et une famille réduite. Les travaux d'aménagement étaient pratiquement terminés, l'ouverture du *Dancing Queen* pourrait se faire le week-end de l'Ascension.

Attablée dans la cuisine devant une chicorée fumante, Yanne portait un tee-shirt « Ille-de-Bretagne » surmontant une carte de l'Ille-et-Vilaine, que je ne lui avais jamais vu. Je connaissais par cœur ses tee-shirts « 4 + 1 », assortis de la carte de la Bretagne augmentée, que le comité de soutien à l'intégration de la Loire-Atlantique avait fait imprimer massivement. Yanne militait pour le retour à la Bretagne historique depuis plus de dix ans. Au lycée, elle avait constitué un groupe qui organisait des meetings sur la place de la mairie et des manifestations à l'occasion des moments festifs de la ville : les Tombées de la nuit l'été, les Transmusicales l'hiver. Depuis qu'elle travaillait au conseil général, elle avait pour nouvelle marotte le nom de notre département. Son argument : les Côtes-du-Nord étaient parvenues à se changer en Côtes-d'Armor sans que personne ne se souvienne plus de l'époque d'avant.

C'était vrai, toute mon enfance je les avais connues, ces Côtes-du-Nord, j'y avais séjourné tous mes étés. J'avais glissé vers les Côtes-d'Armor avec une facilité déconcertante. Yanne estimait que l'appellation Ille-et-Vilaine était préjudiciable. De fait, à une époque lointaine, il avait été question de la changer. D'aucuns avaient suggéré de troquer la Vilaine pour la Rance. Mais le résultat, Ille-et-Rance, ne présentait pas un réel progrès touristique. En 2013, le conseil général avait cherché comment nommer les habitants de l'Ille-et-Vilaine. Les élus avaient finalement opté pour Bretilliens – Bret pour Bretagne, Illiens pour l'Ille. Leur audace s'était arrêtée là. Avec pour habitants des Bretilliens, il eût pourtant été logique de transformer le nom du département en Ille-de-Bretagne. Après tout, c'était en son cœur que trônait Rennes, la capitale de la Bretagne, comme l'Île-de-France était l'écrin de Paris.

– C'est nouveau ce tee-shirt ? ai-je demandé.

– Oui, je viens de créer un groupe d'influence au conseil général et j'ai fait imprimer les tee-shirts il y a dix jours, ils sont chouettes, non ? Ils sont très inspirés des « 4 + 1 », mais elle est chou la petite carte du département, tu ne trouves pas ? J'ai mis Montfort en clin d'œil familial, Rennes,

Saint-Malo, Paimpont, Brocéliande, Redon. Franchement, on devrait obtenir gain de cause. Ça ne changerait rien à l'ordre alphabétique et le numéro du département serait toujours 35, entre l'Hérault et l'Indre. On a plus de chances d'aboutir qu'avec le « 4 + 1 » qui fait peur aux politiques. On va faire circuler une pétition. Tu veux signer ?

– Bien sûr, je ne vois pas qui pourrait être contre Ille-de-Bretagne, c'est très joli et ça a le mérite d'être explicite.

– C'est ce que je pense aussi mais tu as toujours des élus qui, pour des raisons politiques, s'opposent à tout ce qu'ils ne proposent pas eux-mêmes. Et puis il faut trouver l'occasion de mettre la motion à l'ordre du jour. Donc ce n'est pas gagné, même si ça a l'air d'une évidence. Un jour, ce sera comme pour les Côtes-d'Armor, on ne se souviendra même plus qu'il en a été autrement, mais en attendant c'est galère… Enfin bref, pour le *Dancing Queen*, le jour où tu seras certaine de ta date d'ouverture, tu me dis, je vais te faire venir du monde. Il faut vraiment que le premier week-end soit un succès. Je vais convier les journalistes avec lesquels je bosse pour le conseil général. La nuit n'est pas forcément leur domaine mais ça les changera et ça les amusera de faire un écho. Une boîte spécial disco, tu vas être la seule dans tout l'Ouest et ça va marcher du feu de Dieu. À ce propos, elle ne devait pas nous apprendre une choré, la copine de ta copine ?

– Marion ? Oui, c'est vrai. On va la relancer.

Yanne était déjà ailleurs, réfléchissant sans doute à la présentation de son projet au conseil général ou à une prochaine cause. Toute petite, elle avait aimé mener des groupes, organiser des activités dans la cour de récréation. Diriger une boîte de nuit deux soirs par semaine était à la mesure de ses compétences. Contrairement à sa sœur aînée, Yanne était fière de ne pas suivre les chemins tracés. Elle avait dû batailler lorsqu'elle était gamine pour faire accepter son prénom à l'école. Des filles lui serinaient qu'elle ne pouvait pas être une vraie fille avec un nom de garçon, mais leurs quolibets tombaient à plat du fait que Yanne avait très vite adopté des attributs masculins. Elle se distinguait dans deux sports de combat : le judo et le karaté. Les garçons la respectaient et aucun ne se serait permis une réflexion. Les filles avaient fini par rechercher sa protection. Yanne gagnait sur tous les tableaux. Elle entrait en sixième lorsque Éric et moi avions divorcé. Il officiait toujours à Anne-de-Bretagne, c'est là qu'elle entamait ses années de collège, pour le voir aussi souvent qu'elle le souhaitait. De toute façon, trop, à son goût. Chloé était là aussi, en première, côté lycée – ce qu'on ne manquait pas de lui rappeler. « Yanne d'Aughan. Vous êtes la sœur de Chloé d'Aughan ? On ne peut pas dire que vous soyez sage comme votre sœur ! », « Eh bien, vous auriez pu demander à votre sœur de vous faire réviser ! ». Heureusement aucun des profs ne se serait permis de faire allusion au père. Entre collègues, c'était tabou. Lorsqu'elle ratait un contrôle de physique, le prof se contentait d'un regard appuyé, frôlant l'apitoiement, l'air de dire : « Quel dommage que le savoir ne soit pas héréditaire. » Il n'était pas simple pour Yanne d'être la fille d'un enseignant de l'établissement et la frangine d'une élève au parcours sans faute.

Depuis que Chloé avait adopté le point de vue de Nana, elle s'efforçait de ne pas prendre ombrage des allusions de sa mère à son côté peu créatif. Après ces pages, elle comprit que non seulement ce texte lui montrait le chemin à suivre mais qu'il tentait d'inclure Yanne, qui s'était toujours sentie en marge de tout, en la faisant revenir à ses fondamentaux, à ses « racines », comme l'indiquait le titre de la chanson en tête de ce chapitre. Cette histoire d'Ille-de-Bretagne, qui n'avait surgi que de l'imagination de Soizik, Chloé savait que Yanne s'en saisirait. C'était malin de la part de leur mère de leur suggérer ainsi à toutes deux des voies pour l'avenir. Yanne était une agitatrice-née, Chloé une organisatrice. Soizik leur offrait à toutes deux du grain à moudre.

Chloé avait beau n'être pas bien fière de l'image que le roman de sa mère véhiculait d'elle, elle n'en eut pas moins l'intuition qu'il pourrait être l'artisan d'un consensus du village autour du nouveau projet. Elle eut l'intelligence, assez tôt dans le processus, d'inclure la buraliste et la pharmacienne, deux personnalités très différentes. La première, Brigitte, à peine plus jeune que Soizik, avait connu les riches heures de l'enseignement d'Alain Diwan. Elle vouait ainsi à la fille l'admiration qu'elle avait vouée au père et s'était montrée très impressionnée par le fait qu'elle soit capable de concevoir tout un roman. Bien sûr, si elle pouvait aider à faire d'un rêve une réalité, elle ne s'en priverait pas. Ce à quoi elle s'est aussitôt employée en convertissant un à un ses clients, les fumeurs de cigarettes, les vapoteurs, les lecteurs de journaux et de magazines, les mangeurs de bonbons, et ça faisait du monde. Quant à Estelle, la pharmacienne, plus jeune, plus citadine, plus éduquée, elle n'était pas originaire de Breuil, qu'elle n'avait pas réellement choisi pour son installation, c'était l'officine la moins chère qui s'était présentée lorsqu'elle avait été prête à investir ; de surcroît, la mairie lui offrait en remerciement une maison à louer pour presque rien dans les lotissements sud. Elle était emballée par le projet.

À partir du moment où les deux commerçantes principales furent conquises, les autres suivirent. Le jeune couple de boulangers trouva l'idée excellente et se promit d'en tirer profit en mettant ses croissants en vente dès quatre heures du matin les samedis et dimanches. Le boucher ne trouva rien à redire, il vivait dans la forêt et se moquait bien des soirées dansantes. En revanche, il cuisinait des plats à emporter et trouvait très intéressante cette idée de café-salon de thé. En temps voulu, il proposerait à Chloé de lui livrer des plats tout prêts à servir le midi. Ainsi, contrairement à ce que So avait imaginé, d'oppositions à son projet, il n'y en eu pas tellement. La plupart des gens vivaient en lotissements, relativement éloignés du centre-bourg. Le bruit ne les gênerait pas. Quant à la perspective du café, elle séduisait tout le monde. Un lieu pour souffler, hors de chez soi, pour rencontrer des voisins encore inconnus, pour faire une partie de cartes ou écouter de la musique (Chloé avait déniché un authentique juke-box dans une brocante), Dieu que cela leur avait manqué !

Les chapitres de Soizik se refilaient de maison en maison, offrant à tous l'impression de faire partie d'une fiction où ils avaient un rôle à jouer. Chacun y allait de son petit cadeau. Qui son vieux canapé en cuir, ses fauteuils clubs griffés par les chats ou son baby-foot remisé au garage depuis le départ des gosses, qui ses petits plats pour soulager les ouvriers le midi. Chloé était émerveillée de ce que sa mère était parvenue à créer par la seule puissance de son clavier. Peut-être devrait-elle le lui dire, ça pouvait l'aider à supporter ces terribles traitements qui la laissaient exangue pour plusieurs semaines.

« Let's all chant »
(Michael Zager Band)

– Ça fait une semaine que je n'écoute que du disco, a dit Camille en s'installant aux platines. Je pense que j'ai fait le tour des tubes.

Nana et moi étions parvenues à réunir une cinquantaine de 33 tours (les nôtres, ceux des copines ou anciennes collègues de Nana), et une quinzaine de best of seventies et eighties en CD. L'abonnement à un site de musique en ligne compléterait les playlists. Sous ses airs branchés, la petite DJ ne fanfaronnait pas trop. Elle savait qu'elle aurait affaire à un public d'experts. Elle nous appelait, nous les contemporaines du disco, les « autochtones ». Sur la piste du *Dancing Queen*, il n'y avait encore que ma famille, les employés Rudy et Marylène, Nana et Marion, laquelle avait apporté une malle entière de ses vêtements à paillettes.

– J'ai des petites tailles pour Lulu et peut-être même Gwen, qui datent de ma période anorexique, des tailles normales pour Yanne et Chloé, des robes relativement flexibles pour So et moi. Pour Nana, j'ai tout un falbala.

– T'es mignonne, a rigolé Nana. Heureusement, je me suis acheté un pantalon pattes d'eph dans une friperie et une chemise clinquante géniale.

– On ne va pas se déguiser juste pour répéter une choré, a protesté Chloé.

– Si, a rétorqué Marion. C'est l'habit qui donne l'esprit, tu verras. Avec un look disco, les pas sont tout de suite plus faciles.

J'étais boudinée dans une robe rouge scintillante, Chloé dans un pantalon argent, Yanne en combinaison blanche. Gwen nageait dans une robe orange et Lulu dans un pantalon violet qu'il fallut lui serrer à la taille avec un boa. Marion était parfaitement moulée dans une robe à franges dorée. On avait allumé les lumières, autant pour les tester que pour créer l'ambiance.

– L'important est d'être toujours en mouvement, a dit Marion. Bras à hauteur des épaules, trois pas à gauche, à droite, devant, derrière. Pour commencer on trouve son rythme. Allez, musique !

Casque sur les oreilles, Camille a lancé « Let's all chant ». Les spots ont clignoté en rythme. J'ai été saisie, le temps était aboli. Mon inconfortable robe ne faisait que matérialiser ce qu'avait été ma jeunesse, mon incapacité à me sentir à l'aise avec ma génération, à jouir de l'instant présent. Je pouvais revoir comme si c'était hier la piste de danse du camping, et ma petite personne empêtrée dans son adolescence. *Your body, my body, everybody move your body…* J'avais toujours tellement peiné à bouger. À peine entendais-je Marion qui nous avait mises en ligne et scandait :

– On lance le pied, on tape des mains. Et step, touch, step, touch. À droite, à gauche. Devant, ramène, côté, ramène. Allez, en rythme.

Les petites s'emmêlaient joyeusement les guiboles. Nana retrouvait ses réflexes de nightclubbeuse. Yanne affichait un grand sourire. Chloé paraissait très concentrée. Je me raccrochais à la régularité des pas pour éviter de faire défiler dans ma mémoire les scènes du passé. Était-ce une si bonne idée ce revival du disco ? N'aurais-je pas mieux fait de me lancer dans une activité complètement neuve ?

– Et en avant, un, deux, trois, tape ! en arrière, un, deux, trois, tape, criait Marion.

Je croyais revoir Nana au camping, derrière la tente : « Petits moulinets avec les bras. Et je jette, je jette… » J'ai eu cette curieuse impression de reprendre ma vie là où je l'avais laissée, comme si les quarante-cinq dernières années n'avaient été qu'une parenthèse. Une vie passée sur pilote automatique.

J'étais née, je crois, avec cette disposition à ne pas savoir vivre ma vie, à regarder celles des autres. Petite fille, j'étais toujours prête à m'intégrer dans d'autres familles que la mienne, celles de mes copines, de ma tante Anaïg, d'amis de mes parents, comme si j'avais été en attente de ma véritable affectation. Je ne m'étais sentie vivante qu'en de rares moments, comme ceux provoqués par la musique ou la danse. Quelques extases dans les bras d'Éric, mais cela n'avait pas duré au-delà de la première grossesse, quelques câlins avec mes filles, des fous rires avec mes copines et même, c'était arrivé, avec mes élèves, et puis la cigarette. L'écran de fumée entre moi et le reste du monde m'isolait dans une bulle qui n'appartenait qu'à moi. Cette sensation aurait pu être suscitée par d'autres activités, la création, la passion ou même l'amour, la compétition, mais je ne m'étais jamais adonnée à rien avec autant de constance qu'à fumer. Mes semaines d'hôpital m'en avaient sevrée physiquement, mais il n'en demeurait pas moins un grand vide au fond de moi, que j'espérais combler avec autre chose : de la joie ? Du plaisir ? De la légèreté ? Mais peut-on compter sur une sensation aussi fugace que la légèreté pour combler les aspirations d'une âme ?

Marion continuait à donner en rythme ses instructions, les bras, les pieds, les hanches… Je me laissais porter avec l'impression de devenir enfin l'oiseau de nuit de mes rêves. Une explosion de rire des petites filles m'a sortie de ma transe.

– Eh bien, a fait remarquer Yanne, je n'avais pas dansé avec ma sœur depuis le soir de son mariage ! Tu te débrouilles, ma vieille, pour quelqu'un qui, soi-disant, n'est jamais sortie en boîte de sa vie !

– Des années de cours de danse, je te rappelle.

Au fond, sous son air blasé, Chloé était assez fière d'avoir été à la hauteur. Tout le monde avait beau la considérer comme un bonnet de nuit, elle était capable de tenir sa place sur le dance-floor.

– Ça marche du feu de Dieu ! a dit Camille en refermant la porte basse de sa cabine. Et les lumières synchronisées sont top. Vraiment ça a de la gueule le disco ! C'est presque mieux que la musique électro !

Sous ses piercings et sa teinture platine, je n'avais pas remarqué qu'elle avait un joli visage, aux rondeurs enfantines.

– Un thé ? ai-je proposé.

– Un chocolat, ont dit les petites.

– Une chicorée, a renchéri Yanne.

– Je ne sais pas comment tu arrives à boire ce truc-là, a fait Camille, dégoûtée.

– Une habitude. Ma grand-mère en faisait au petit déjeuner, elle trouvait ça plus léger que le café.

J'aime bien le goût, ça me rappelle des souvenirs. Chloé aussi aimait ça.

– J'aime toujours. Mickaël fait du café filtre le matin alors j'ai abandonné, mais j'en boirais volontiers.

– Un petit vin blanc ? a suggéré Nana.

– Je ne serais pas contre, a approuvé Marion.

– Eh bien, ai-je dit, montez, je vais éteindre les lumières et la sono, j'arrive.

– Pour la sono, c'est fait, j'ai tout mis hors tension, a dit Camille.

– Parfait. Je vous suis.

Je ressentais l'aspect extraordinaire de cette situation. Cette discothèque aurait pu être celle de n'importe quel professionnel, pareille à n'importe quelle boîte de nuit de ma jeunesse, et pourtant c'était la mienne. Je pouvais m'y considérer comme chez moi. C'était presque inimaginable. Il me semblait être devenue propriétaire de l'inaccessible. Nana m'aurait rétorqué : « C'est parce que c'était inaccessible que tu as dû la créer. » Elle aussi avait rêvé toute sa vie d'être propriétaire de son affaire. C'était arrivé trop tard, mais elle se réalisait à travers sa fille, c'était sa revanche.

À l'étage, l'antique hangar à l'abandon était désormais une grande pièce chaleureuse dans laquelle Rudy avait démarré un feu.

– Je vais vous servir ici, si vous voulez bien, a-t-il dit. On va tester toutes les machines.

Il n'y avait guère qu'une machine à café de bar que j'avais déjà abondamment testée. J'avais renoncé à la bière à la pression – trop compliqué. Je ferais livrer des bouteilles. Le verre étant consigné, ce serait écologique.

Marion, Chloé et Yanne ont rassemblé trois tables basses et rapproché des fauteuils clubs.

– On est bien ici, a dit Camille. C'est dommage de ne travailler que le week-end.

– Je te promets que si ça marche bien, je trouverai à t'occuper en semaine. Ce n'est pas le travail qui manque ici, c'est le budget, ai-je répondu.

La belle-fille de Nana, Marylène, était trop timide pour s'exprimer mais elle s'estimait drôlement chanceuse d'avoir été engagée à temps plein. À l'approche de la quarantaine, son corps était déjà bien empâté et son visage témoignait que la vie n'avait pas dû être toujours facile : de beaux yeux bleus mais des plis d'amertume prononcés en dépit du sourire qu'elle nous adressait par moments. Elle avait été un peu surprise du partenaire qu'on lui proposait. Elle n'avait jamais quitté son village, à quatre kilomètres de Breuil, et n'avait jamais vu un Noir d'aussi près. Après deux ou trois jours d'adaptation, ils s'étaient habitués l'un à l'autre et commençaient à s'apprécier.

– Alors, Marion, tu as eu une réponse de John Travolta ? a demandé Chloé avec une pointe d'acidité.

– À part la lettre standard dont je vous ai déjà parlé, qui ne fait qu'accuser réception de ma demande et m'assurer qu'elle sera transmise à l'intéressé, rien de nouveau. Vous pensez bien que je vous préviendrai dès que la réponse arrivera.

– Tu y crois, toi ? a demandé Yanne.

– Qu'il répondra, oui, pourquoi pas ? Les Américains ont la célébrité polie.

– Il faudrait penser à un plan B, non ? a suggéré Nana.

– On ne l'invite pas pour l'inauguration, ai-je cru bon de préciser, ce serait trop juste, mais pour l'élection de la Disco Queen. Et là, on a le temps. On organisera le concours lorsqu'on aura du public, c'est-à-dire une vraie clientèle, et qu'on aura le people à mettre dans le jury, Travolta ou un autre.

– Un people ici ?

Chloé rigolait. Ce n'était pas un rire méchant, juste ironique, un peu triste peut-être. Quelle personnalité viendrait à Breuil ? À moins de lui proposer beaucoup d'argent pour se déplacer. Depuis les travaux, il ne me restait quasiment rien de l'héritage financier de ma mère. Et ce n'était pas avec ma retraite de prof que j'allais m'offrir la présence d'une star. Cette histoire de boîte de nuit était en train de manger notre temps et nos économies. Pourtant, lorsque je balayais du regard ce salon de thé cosy qui, quatre mois plus tôt, était encore un débarras sale et croulant, je mesurais ce que l'imagination, le rêve, le désir, l'envie pouvaient créer. Mon physicien de mari aurait appelé ça une « force centripète », capable de réunir, de fédérer, d'agglomérer. Cette force ne s'appliquait pas qu'aux choses matérielles, mais aussi aux relations entre les membres de ma famille, les gens autour de nous, Nana et Marion, les nouveaux embauchés. Une dynamique puissante s'exerçait sur nous tous, émanant de mon seul esprit. Je voyais dans les yeux de Chloé qu'elle venait de comprendre. Ce n'était pas ainsi qu'elle avait envisagé sa carrière ou même sa vie de famille mais, désormais, elle ne cherchait plus à s'y soustraire : cette force s'imposait à elle, comme aux autres.

– Vous pouvez garder les vêtements, a dit Marion avant de partir. J'en ai beaucoup d'autres. Si vous voulez, vous pouvez venir au manoir regarder directement dans les placards et dans les malles.

– Et Mme de la Salle ? ai-je demandé.

– Je lui demanderai l'autorisation, évidemment. Je crois aussi que je vais devoir solliciter la mairie pour organiser une battue aux sangliers. Ils font des dégâts de plus en plus près. Ce matin, j'ai vu qu'ils étaient venus gratter sous le tilleul, à quelques centimètres de la terrasse. Ils ne craignent plus rien. Bientôt, nous n'oserons même plus sortir.

– C'est dangereux un sanglier ? interrogea Gwen.

– Il a encore plus peur de toi que toi de lui, mais justement c'est ce qui est dangereux, expliqua Marion. Il fuit lorsqu'il te sent arriver. Mais il est si lourd et si rapide que, s'il se met à courir dans ta direction, il peut te piétiner et te blesser gravement avec ses défenses. Le pire c'est au printemps, lorsque la femelle a mis au monde ses marcassins. Si tu as le malheur de te retrouver entre elle et eux, tu es mort. Ça devient flippant de se balader en forêt. Ils se reproduisent à une vitesse folle. Hier, j'étais dans la cuisine au lever du soleil lorsque j'ai vu filer, au fond de la prairie, à l'orée du bois, toute une famille, deux gros et deux petits. J'étais contente de ne pas être dehors. Avant, j'aimais bien aller marcher le matin : c'est le moment où il y a la plus jolie lumière et j'adore les bruits, tous les oiseaux se réveillent et s'appellent. Maintenant, je n'ose plus.

« Superstition »
(Stevie Wonder)

– On a dépassé la période de la chasse. Impossible d'organiser une battue avant l'automne prochain, annonça Marion avec dépit.

– C'est normal, il faut laisser les femelles élever leurs petits sereinement, répondit doucement Mme de la Salle. Tu referas une demande en septembre.

– Ils ont le temps de mettre à sac toute la propriété.

– Ce ne sont que des mottes de terre dans des prairies, dit Mme de la Salle, fataliste. Le grand paradoxe est que ce sont les chasseurs eux-mêmes qui ont créé le problème.

– C'est-à-dire ? a fait Marion, brusquement intéressée.

– Il n'y avait pas de sangliers ici lorsque je suis arrivée, il y a… oh il y a presque soixante-dix ans. Aucun. Des renards, des blaireaux, des lapins, des perdrix, oui, mais des sangliers aucun, ni même des chevreuils ou des lièvres. Et puis il y a eu de moins en moins de gibier et les chasseurs étaient de plus en plus frustrés. Les lapins ont disparu, les renards aussi. Les chasseurs ont élevé des sangliers et les ont lâchés dans la nature. Pareil avec les chevreuils et les lièvres. Les sangliers, longtemps ils les ont nourris pour qu'ils se reproduisent. Ils les ont croisés avec des cochons pour qu'ils fassent plus de portées dans l'année. Maintenant, ils prolifèrent tant que les chasseurs sont devenus indispensables. Et le pire, tu sais ce que c'est ?

– Non.

– C'est qu'il y a de moins en moins de chasseurs. Autrefois, tous les dimanches, on voyait les paysans passer devant le château, ils étaient nombreux à chasser. Aujourd'hui, les fils de paysans qui ont repris les terres ne sont plus des chasseurs. Les sangliers qu'ils ont lâchés voilà quelques années se sont multipliés, et nous n'avons plus personne pour nous en débarrasser.

– C'est absurde, a soupiré Marion.

– C'est humain, a fait Mme de la Salle. Tu ne peux pas lutter contre. Nous passons notre temps à chercher des solutions aux problèmes que nous avons nous-mêmes créés. Qu'est-ce que tu veux faire ? Il faut savoir lâcher.

– Lâcher, ça veut dire laisser faire, a protesté Marion. Ici, on autorise les éleveurs de porcs à polluer les terres et les rivières, les chasseurs à nous infester de sangliers, les cultivateurs de blé et de maïs à nous empoisonner avec leurs pesticides. Et ensuite nous nous plaignons des invasions d'algues vertes.

– Voilà, c'est exactement cela, a reconnu Mme de la Salle avec son joli sourire. Les hommes sont si immatures.

– Les hommes en particulier ? Ou l'humain en général ?

– Les hommes, a répondu Mme de la Salle. Il faut dire que jusqu'à présent, les femmes n'ont pas eu l'occasion de faire des bêtises à grande échelle. Ça viendra peut-être, mais je ne serai plus là pour le voir.

– La plus jeune fille de Soizik Diwan, Yanne, travaille au département environnement du conseil général d'Ille-et-Vilaine. Elle est passionnée. On a l'impression qu'elle va changer le monde tellement elle prend à cœur sa mission !

– C'est la seule façon d'agir, a approuvé Mme de la Salle. Suivre son rêve. N'est-ce pas ce que tu as fait aussi ?

– Oui, a souri Marion, avec plus ou moins de réussite. Mais c'est vrai, je ne suis pas passée à côté de ce que j'étais. Vous avez des regrets, vous ?

– Moi, j'appartiens à une autre génération, mon petit. Non seulement on n'attendait pas des femmes qu'elles se réalisent mais, au contraire, la société tentait par tous les moyens de les maîtriser. Y compris lorsqu'elles ont cru se libérer. C'était un subterfuge des hommes pour avoir accès à plus de plaisir.

– Vraiment, ne croyez-vous pas que ce plaisir a convenu aux femmes ?

– Je ne me lancerai pas dans ce débat. Je ne suis qu'une vieille provinciale. Ce qu'ont été les modes et les changements de mentalité ne m'a que peu affectée. Ou plutôt si, je rends grâce à la modernité qui t'a amenée jusqu'à moi. Ta présence est ce que la vie m'a donné de plus heureux.

Marion porta à ses lèvres la main noueuse qui reposait sur la couverture.

– J'ai parlé des sangliers à Soizik lorsque je suis allée la voir à Rennes. Elle les a glissés dans son roman. C'est drôle, on ne sait plus très bien quelles sont les limites de la fiction.

– C'est ce que vous souhaitiez, non, entrer dans ce roman ou faire entrer ce roman dans vos vies, ce qui revient au même ? Soizik ne sait toujours pas que sa maison est en train d'être transformée ? demanda Mme de la Salle, amusée.

– Non, toujours pas. Elle est très éprouvée par les chimios. Elle a perdu ses cheveux il y a quelques semaines. Elle ne rentrera pas à Breuil avant un certain temps. D'ici là, le *Dancing Queen* aura ouvert.

– Quelle surprise elle aura ! a conclu Mme de la Salle avec un petit sourire gourmand.

La vieille dame avait toujours aimé qu'on lui raconte des histoires, elle était prompte à accepter beaucoup d'invraisemblances pourvu qu'elles soient belles. Elle-même était très férue de magie. Depuis qu'elle s'était installée à Brocéliande, elle s'intéressait aux superstitions de la région et aux rituels locaux. Elle ne pratiquait que ceux qui étaient destinés à attirer la chance. Les objets dont elle se servait, coupes, bougies, encens, pentacle, étaient rangés sagement dans le buffet de la salle à manger.

– Je crois que je vais avoir besoin de vos pouvoirs, a dit Marion. Je suis chargée d'une mission dont je ne viendrai pas à bout sans un peu d'aide.

– Bien bien, ce n'est pas pour me déplaire, a souri la baronne.

– Et pour ce dont je vous ai déjà parlé, j'ai mis une mèche de ses cheveux dans un sachet, je vous le donnerai.

– Je ferai de mon mieux. Mais je ne saurais me substituer à Dieu.

« Mama used to say »
(Junior)

Afin de ménager la tranquillité de la baronne, les petites filles étaient restées chez elles. Chloé connaissait leurs tailles, celles de sa sœur et de sa mère. Nana l'accompagnait plus par curiosité que par nécessité, ses chances de trouver dans les piles un vêtement à ses mensurations était faibles. Depuis qu'elle s'était liée d'amitié avec Marion, il y avait plusieurs années déjà, Nana n'avait jamais mis les pieds au château.

La propriété se trouvait un peu en dehors du village, à trois ou quatre champs de blé, de maïs ou d'herbe à foin des derniers lotissements, dont certains étaient encore en construction. Le manoir n'était pas visible de la route, on y accédait par un chemin de terre en mauvais état, bordé par une allée de sapins d'un côté, de platanes de l'autre. La première façade accessible au regard, côté nord, était mangée par du lierre. Côté sud, par la clématite, les visiteuses s'en rendraient compte plus tard. Marion les fit entrer par la cuisine, à l'ouest.

Elles traversèrent la grande salle à manger chauffée par un poêle à bois. Avant de monter l'escalier, Marion les mena jusqu'au salon. La baronne s'était levée pour venir à leur rencontre. Elles furent saisies par sa petite taille, la minceur de ses poignets, la finesse de sa peau, la fragilité qui émanait de toute sa personne qui semblait, pourtant, rayonner.

– Vous êtes les bienvenues, mesdames. Marion va vous servir du thé ou des rafraîchissements, n'hésitez pas à demander. Je ne vous accompagne pas, mais le cœur y est.

Nana se souvenait de cette femme qu'elle voyait de loin, intimidante, épouse de M. le baron qui, lui, n'était pas commode. Chloé n'avait pas connu cette époque, ni l'aura du baron, ni la tragédie vécue par cette famille, mais elle ressentait l'apaisement apporté par cette douceur céleste. Le sourire de la vieille dame lui parut aussi doux que les nuages blancs qui venaient de faire leur apparition dans le ciel de printemps.

Au deuxième étage, mansardé, il fallait traverser une enfilade de pièces plus ou moins aménagées avant de parvenir à la grande chambre de Marion. Ni Nana ni Chloé ne firent la moindre réflexion sur le lit d'une place, en fer-blanc, datant sans doute des années trente, ni sur le fauteuil Louis XV ou le secrétaire Empire. Mme de la Salle avait dû meubler cette pièce avec l'héritage familial, et rien ne ressemblait à Marion, à sa finesse, son maintien, sa classe, sauf le fait que chaque chose – vierge de toute poussière – était disposée avec goût. En passant sous une solive, on parvenait à une petite pièce remplie de malles et cantines, sacs et cartons, un grenier en somme, contenant probablement toute la vie de Marion. Chloé a ressenti sa présence comme une effraction. Tout lui était étranger, à commencer par les souvenirs enfouis dans les piles de tissu. Il en émanait comme une odeur de soufre. Ce qu'avait été la jeunesse de cette femme encore si belle à son âge était hors de portée de l'imagination de Chloé.

– Regarde ces petits chemisiers à paillettes, j'étais tellement mince lorsque j'avais vingt ans, ils iraient parfaitement à tes filles, non ? Et même ces petits pantalons, ils me moulaient tellement, ils sont un peu élastiques.

– Pour Lucie peut-être, Gwen est encore un peu crevette.

– Et toi, regarde ces robes, elles t'iraient si bien. Tu te caches sous les uniformes de ta génération, jeans, pulls, vestes, tee-shirts, mais je t'assure que tu as un corps pour porter des choses beaucoup plus glamour.

– Je te rappelle que je me rends quotidiennement dans des classes d'adolescents. On n'attend pas de moi du glamour mais de l'autorité.

– L'autorité est glamour et le glamour peut conférer de l'autorité pour peu que l'on sache s'en servir, dit Marion.

– Alors, je ne sais pas m'en servir, et je ne suis pas certaine de savoir un jour.

– Ça s'apprend. Comme toute attitude ou activité nouvelle, ça ne tombe pas du ciel, ça demande de la persévérance.

– Et toi, ce n'était pas inné ? a demandé Chloé, consciente de la naïveté de sa question, mais celles qu'elle aurait voulu poser se brouillaient au fond de sa gorge : « D'où tiens-tu ce port de tête, cette aisance à te mouvoir, cette évidente légèreté ? »

– Oh non, j'ai dû apprendre, j'ai dû tout apprendre, si tu savais…, a souri Marion.

Et ce sourire, en illuminant le cœur de Chloé, lui montrait une voie vers un nouvel ego, moins arc-bouté sur les acquis, ouvert à d'autres manières d'être au monde. À cet instant, Chloé éprouva un élan de reconnaissance envers sa mère qui, en chamboulant tout ce qu'elle lui avait inculqué depuis son enfance, lui permettait de s'interroger sur la – sa – liberté. Si elle s'autorisait à défricher elle-même son chemin, quel serait son désir ? Se pouvait-il qu'une discothèque perdue au fond d'un village puisse être la source de son émancipation ? Ou n'était-ce encore que l'adhésion à un désir maternel ?

– C'est trop tard pour moi, fit Chloé, mais le ton de sa voix n'avait rien de catégorique, elle n'attendait que d'être détrompée.

Nana et Marion se mirent à rire en même temps. *Mama used to say : Don't you rush to get old…* « Maman disait : Ne te dépêche pas de vieillir… »

– Tu es si jeune, dit l'une.

– Toujours plus âgée que le Christ ou Eva Perón ! grommela Chloé.

– Toi aussi tu peux devenir une Disco Queen ! dit l'autre.

– Ça m'étonnerait. Ma mère pense que je suis encroûtée pour toujours. Elle place tous ses espoirs sur ma sœur. Yanne a toujours été sa préférée.

– Bien sûr que non, a protesté Nana.

– Dans son roman, c'est Yanne qui accueille avec enthousiasme l'idée de cette discothèque, moi je ne fais que râler tout le temps.

– Pour donner de l'intérêt à une histoire, il faut toujours un personnage à convaincre, un personnage qui n'est pas acquis à la cause, a fait remarquer Marion.

– Pourquoi moi ? Pourquoi pas Yanne ?

– Parce que l'opposition de Yanne aurait été sans conséquence : elle habite Rennes, il lui aurait suffi de ne plus se montrer. Alors que toi, tu es sur place. En râlant, tu mets du piment dans l'histoire.

– Franchement, Marion, tu ne crois pas que c'était suffisamment compliqué comme ça de transformer un hangar et des caves en boîte de nuit tout en bossant à temps plein et en élevant deux enfants, pour qu'elle ne me charge pas en plus d'un tempérament de vieille frustrée ?

– Mais ça, elle ne le sait pas, a dit Nana. Elle ne sait pas tout ce que tu fais pour elle, que ce qu'elle écrit, tu le réalises au fur et à mesure, que tu as tout pris en main pour que ce soit fini quand elle sortira.

– Quand elle sortira..., a répété Chloé, je n'y crois presque plus. D'abord le cœur, l'opération, la chimio, et maintenant l'attente. J'aurais tellement voulu être compatible ou, à défaut, que Yanne le soit. Mais ni l'une ni l'autre ne pouvons donner notre moelle osseuse. L'idéal ce sont les frères et sœurs. Elle est fille unique.

– Ils trouveront, les greffes de moelle, ce n'est ni rare ni compliqué, a dit Marion en prenant Chloé dans ses bras. Ils la sauveront.

– C'est tellement étrange de la voir dans sa chambre stérile sans pouvoir l'approcher. De communiquer avec le babyphone, de récupérer les pages qu'elle écrit. C'est incroyable comme son imagination la maintient vivante, pas seulement en vie, mais vraiment vivante, avec des désirs et des rêves.

– Ce que tu fais pour réaliser son rêve, Chloé, est extraordinaire, a insisté Marion.

– Ta mère sait que tu as compris l'enseignement qu'elle cherchait à te transmettre. Son dernier chapitre te présente sous un jour nouveau parce qu'elle sait que tu es sur le point de prendre le pouvoir sur ta vie, même si elle ne peut pas imaginer encore de quelle manière tu le fais.

– C'est vrai que, même isolée, elle voit beaucoup de choses. Elle a bien perçu que j'élève Gwen et Lulu de la façon dont elle nous a éduquées. Et puis la copine de Yanne, Camille, je n'aurais jamais cru qu'elle l'avait remarquée. Or, elle la décrit à la perfection. Rudy, on le connaît depuis une bonne quinzaine d'années, il n'y a pas de surprise, mais Camille, Yanne l'a rencontrée il y a deux ans et ma mère l'a à peine croisée. Elle est beaucoup plus observatrice que je ne l'aurais pensé. Je suis assez curieuse de voir ce qu'elle est capable d'imaginer pour la suite. Est-ce qu'elle a compris que Yanne est en couple avec Camille ? Tu vois, ça aussi c'est pesant. Non seulement je dois porter le secret de ma sœur mais en plus je dois encaisser la vision de notre mère qui la trouve tellement plus fun que moi.

– Beaucoup de gens portent des secrets, a fait remarquer Marion.

– Pas moi, a dit Chloé. Juste celui de Yanne.

– Moi non plus je n'ai pas de secret en propre, a renchéri Nana. Je n'ai guère que celui de Soso.

– Quel secret ? Je connais la vie de ma mère, elle n'est pas très mystérieuse.

– T'a-t-elle raconté comment son père est mort ?

– Oui, d'une crise cardiaque quand elle avait dix-sept ans. C'est violent mais ça n'a rien de secret.

– Et ce qui a précédé cette crise cardiaque, elle t'en a parlé ?

– Oui, il en avait eu une première quelques mois plus tôt, qui l'avait beaucoup affaibli. La seconde lui a été fatale.

– Et ce qui l'a provoquée ?

– Faut-il vraiment qu'il y ait une raison ? Il dirigeait une école, c'était stressant. Il vivait entre sa femme, sa fille et sa belle-mère, ça devait être un peu angoissant aussi. Sa belle-mère était morte l'année précédente, ça n'avait pas dû améliorer l'ambiance… Voilà, n'est-ce pas suffisant ?

– Alors tu ne connais pas le secret de ta mère, a conclu Nana.

– Raconte…

– Si Soizik n'a rien révélé à ses filles, peut-être n'est-ce pas à toi de le faire, a protesté Marion.

– Parce que tout le monde est au courant ? a fait Chloé, amère.

– Aujourd'hui, non, a répondu Nana. Ça remonte à loin et la plupart des gens de l'époque ne sont plus là ou ont oublié. Moi, je crois qu'il est bon que tu sois au courant. Après tout, ça explique l'histoire que So est en train de se raconter, à laquelle elle se raccroche pour se donner du courage. Et toi qui fais tout pour concrétiser ce rêve, tu as le droit de savoir pourquoi il est si essentiel pour ta mère de prendre cette revanche sur la vie.

– Alors dis-moi, a fait Chloé en s'asseyant sur le petit lit de Marion.

Mama used to say : Take your time… – « Maman disait : Prends ton temps… »

– D'accord, a dit Nana en s'installant près d'elle. Ensuite, tu choisiras si tu souhaites en parler à Yanne, ou à Mickaël, ou même à tes filles. C'est une histoire assez banale, finalement. Sauf qu'elle a pris un relief très important du fait qu'elle s'est achevée tragiquement. C'était l'été 1978, je m'en souviens bien car c'était l'année de la sortie du film *Saturday Night Fever*…

« Can't take my eyes off you »
(Boys Town Gang)

Pour un homme approchant de soixante-trois ans, Éric portait beau et ne perdait pas ses cheveux, ou du moins pas en quantité visible. Il grisonnait un peu mais, comme la plupart des blonds, n'en souffrait pas. Sa silhouette avait épaissi certes, mais il restait sportif et on disait de lui qu'il s'était « étoffé » – le terme « grossi » n'aurait pas convenu. Chloé n'avait jamais cessé de voir son père, bien que récemment le temps lui ait manqué. En revanche, elle fut très surprise de le trouver là, assis sur cette chaise d'hôpital, à parler dans le babyphone. De l'autre côté de la vitre, le visage de Soizik était détendu et animé.

– Qu'est-ce que tu fais là ? demanda Chloé, à court d'idées.

– La même chose que toi, ma chérie, je rends visite à ta mère, répondit Éric.

– Je m'en doute, mais c'est la première fois que je te croise, d'où mon étonnement.

– Je viens presque tous les jours, je prends ma retraite à la fin de l'année scolaire, je laisse rouler... De toute façon, il n'y a plus de bac, plus d'enjeu. Je ne vais pas inventer de nouveaux cours si près du but. Tu vois, je ne peux pas vraiment quitter ta mère. Et puis, je viens suivre le feuilleton.

– Le feuilleton ? a demandé Chloé.

– Mais oui, je veux connaître la suite de l'histoire, a expliqué Éric en adressant à son ex-épouse un grand sourire complice. Est-ce que l'ouverture du *Dancing Queen* va bien se passer ? Est-ce que John Travolta sera là pour le concours ? Qui va gagner ?

– Oui, bien sûr, nous aussi on a hâte de savoir. Mais je ne me doutais pas que tu étais dans le secret. Comment tu vas, maman ?

Chloé envoya de la main un baiser à sa mère à travers la vitre.

– Très bien, répondit Soizik dans le babyphone, ils ont trouvé un donneur.

– Non ! s'écria Chloé. Mais c'est génial ! Qui est-ce ?

– Les dons d'organes sont toujours anonymes, mais d'après le médecin la compatibilité est parfaite, je vais être greffée bientôt. Après quelques jours d'observation, si tout est normal, je sortirai enfin de ma prison.

– Tu rentreras directement à la maison ?

– Ah ça, peut-être pas tout de suite, il faudra voir avec l'oncologue. Mais au moins, je pourrai vous embrasser et vous parler sans ce fichu babyphone. Il faut que je me dépêche d'écrire la fin.

– Tu auras tout le temps quand tu sortiras, lui a fait remarquer Chloé.

– Ma chérie, c'est un défi que je me suis lancé. Si je veux trouver le chemin de la vie dans le réel, je dois d'abord le trouver dans ma tête. Et lorsque je l'aurai tracé tout entier, je serai guérie.

– Alors oui, dépêche-toi. Tu nous manques.

– Les filles vont bien ?

– Oui, elles ont hâte de te voir.

– Et Nana ?

– Nana aussi, elle demande de tes nouvelles tous les jours. Comme Marion.

– C'est marrant. Marion, je la connais depuis si longtemps, je n'aurais jamais pensé qu'elle ferait un aussi bon personnage. Il y a quelque chose chez elle de solaire, de léger, de disco en fait.

– Oui, c'est vrai. D'ailleurs, elle a vraiment une sacrée panoplie de tenues seventies, a renchéri Chloé. Elle est très… très… j'ai envie de dire « évoluée ». Tu comprends ? Elle sait tellement de choses, elle est tellement fine, elle est vraiment différente de nous tous.

– Oui, c'est ça. Nous, nous sommes un peu basiques, a ri Soizik.

– Oh, maman, ce que je voulais dire…

– J'ai très bien saisi, et tu as parfaitement raison. Elle a plusieurs longueurs d'avance sur nous.

– Elle nous a invitées au château de la Salle, Nana et moi.

– Voyez-vous ça ! s'exclama Soizik. Et c'est comment ?

– Pas si grand, pas si intimidant, moins froid, plus cosy que je ne l'aurais cru.

– On l'appelait le « château » lorsque j'étais petite mais en fait ce n'est qu'un manoir, une sorte de malouinière. Comparé aux maisons du village et aux lotissements, il paraissait immense.

– En tout cas, Mme de la Salle est une petite vieille adorable. Elle est vraiment digne d'être connue. Nana était impressionnée je crois… Dis donc, tes cheveux repoussent vite, c'est joli, le blanc te va vraiment bien, ça te fait un visage très doux.

– Merci, j'aime aussi. C'était gentil de la part de Karine d'être venue les couper avant la chimio, ça m'a permis de m'habituer aux cheveux blancs et courts. Je ne serai plus aussi chauve lorsque je sortirai de ma bulle.

– C'est bientôt terminé. Et puis, tu sais, tu ne manques pas grand-chose en ce moment. On vit tous avec un masque sur le visage. Même les filles doivent le porter en classe et dans la cour de récréation. Moi aussi je dois faire cours avec, tout le temps, ça devient insupportable. Au début pour Mickaël ça allait, les cours de gym étaient exemptés du protocole sanitaire, mais ensuite tout le monde y est passé. Les gosses sont à cran. Ils ne savent plus ce qu'est la liberté, le plein air, l'insouciance. Toi, il aurait fallu te garder sous cloche et te faire porter des FFP2 en permanence. Sérieusement, tu es mieux ici dans ta bulle à écrire. Au moins, rien ne vient contrarier ton rêve.

– On me fera une sérologie après la greffe pour savoir si j'ai toujours les anticorps, mais il est presque certain que je vais devoir être de nouveau vaccinée avant de sortir. C'est un moindre mal pour retrouver ma liberté.

« Heaven must be missing an angel »
(Tavares)

– Yanne sait que tu viens tous les jours voir maman ? a demandé Chloé à son père en se dirigeant vers l'ascenseur.

– Je l'ai croisée une fois la semaine dernière, elle était moins surprise que toi. Elle a trouvé ma présence normale. Je crois qu'elle s'en fiche. Elle vient deux ou trois fois par semaine, jamais aux mêmes horaires que moi, plutôt le soir. La dernière fois, elle m'a dit que tu préparais à ta mère une énorme surprise, que c'était à toi de me mettre au courant. Elle n'a pas voulu m'en dire plus.

Chloé a souri.

– L'idée nous est venue en lisant le roman de maman. Avec Mickaël, on s'est dit que ça pourrait être une bonne idée de faire les travaux et de transformer le hangar en salon de thé et les caves en discothèque. Cette maison ne nous appartient pas, c'est vrai, mais maman ne pourra qu'approuver notre initiative et la maison nous reviendra de toute façon un jour puisque Yanne veut garder l'appartement de Rennes. Qu'avons-nous de mieux à faire que de tenter cette aventure ? Nous n'allons pas partir faire un tour du monde à dos de chameau, nous n'allons pas tout larguer pour vivre sur un bateau. Nous sommes deux profs en poste dans la communauté de communes de Brocéliande. À la limite, je me serais plutôt vue ouvrir une salle de yoga et une boutique de tisanes bio mais, après tout, une discothèque, c'est plus original. On manque tellement de fêtes depuis deux ans. Pour ma part, j'en manque depuis toujours. J'ai rencontré Mickaël si jeune et j'ai eu Lulu si tôt. Un peu comme toi et maman, non ?

– On s'est rencontrés jeunes, oui, dans un camping près de Dinard, l'été de mes dix-huit ans. Elle en avait seize seulement. On s'est installés très vite ensemble, je le reconnais. De toute façon, nous n'étions pas des oiseaux de nuit, ni elle ni moi. Je crois que son premier contact avec le monde de la nuit ne lui avait pas donné envie d'y plonger tête la première.

– Je sais, Nana m'a raconté l'histoire de la Disco Queen. C'est tellement stupide de mourir pour ça !

– Ça a été comme une bombe dans la vie de ta mère. Elle n'avait jamais quitté son univers familier. Tout tournait autour de Breuil. Même Rennes paraissait sulfureuse aux yeux de Soizik. Son père était l'idole de son enfance, celle de tous les gosses du village. Alors imagine la déflagration lorsqu'elle l'a surpris en train de tromper sa mère avec une nymphette !

– Oui, j'imagine. Bien sûr, je n'aimerais pas que mes filles surprennent leur père de cette manière. Elles ne sont pas plus dégourdies que maman au même âge. Elles non plus n'ont jamais quitté le pays de Brocéliande et elles aussi considèrent leur père comme un dieu. Mais de là à en mourir, quelle absurdité ! Il me semble que si ça devait arriver, je saurais calmer le jeu.

– C'est plus facile de trouver l'attitude adéquate lorsqu'on connaît la fin de l'histoire. Ton pauvre grand-père n'avait pas l'étoffe d'un dragueur. Il était terrorisé par ce qu'il avait fait.

– Sortir avec une ancienne élève, ça frise le ridicule, c'est certain.

– Aujourd'hui, ça n'arriverait pas. Aucun professeur n'ose plus regarder dans les yeux ses élèves, anciens ou nouveaux. Je ne suis pas mécontent de prendre ma retraire à la fin de l'année.

– Cool, tu pourras venir nous donner un coup de main au *Dancing Queen* !

– Pas de problème. Ce sera un plaisir. Mais, dis-moi, vous allez quitter l'Éducation nationale ?

– Pour l'instant pas question, ce serait trop hasardeux. Et puis, deux soirs par semaine, on peut gérer. On fera la grasse matinée les samedis et dimanches. À terme, Mickaël se verrait bien entraîner des gamins du village pour des compétitions, faire de la remise en forme pour les plus âgés et, bien sûr, donner des cours de disco. Garder un œil sur le café aussi. Il adore le contact avec les gens. Depuis qu'on est arrivés dans ce village, on n'a pas eu le temps de vraiment nouer des liens. Quelques parents d'élèves, rien de plus. Maintenant, le roman de maman circule de maison en maison. Tout le monde s'intéresse aux travaux et au revival du disco. C'est extraordinaire de découvrir les voisins, d'avoir un projet en commun pour le village. Et nous, Mickaël et moi, ça nous a bien rapprochés. Avec Yanne aussi. Elle est très impliquée dans le projet. Je n'aurais rien pu faire dans cette maison sans son accord. On a créé une société tous les trois pour pouvoir emprunter à la banque.

– Je suis épaté. Vous auriez pu me mettre dans la boucle, j'aurais été partant.

– Et maman aussi, j'en suis certaine. On verra plus tard comment l'affaire tourne.

– J'imagine que vous n'êtes pas allés jusqu'à contacter Travolta ! a dit Éric avec un petit gloussement entendu.

– Eh bien si ! Marion a vécu à New York, elle dit que les stars répondent aux courriers de leurs fans, alors on espère au moins recevoir un petit message qu'on pourra lire à maman.

– Vous devriez lui dire ce que vous faites, ça lui ferait plaisir. Être heureux, ça aide à guérir, a dit Éric.

– Tu saurais des choses que nous ignorons ? Les médecins t'ont parlé ?

– Pas plus qu'à vous, je suppose, a répondu Éric, gêné. Mais enfin, une leucémie sur un infarctus, ce n'est pas anodin. Tu n'as pas besoin d'un médecin pour comprendre que ta mère n'est pas en pleine forme. Alors tout ce qui peut lui donner du bonheur est bon à prendre.

– D'accord. Je vais voir avec Yanne et Mickaël comment on pourrait s'y prendre pour lui annoncer de manière un peu cérémonieuse. Peut-être en lui offrant un billet pour l'inauguration.

– Vous en êtes où des travaux ?

– Presque terminés. On inaugure dans un mois, le week-end de l'Ascension.

– Vous avez besoin d'aide ?

– Nous sommes déjà très aidés par Nana et Marion qui sont ravies de se conformer à la trame du roman. Elle est vraiment extra, cette Marion. Nana, je le savais depuis longtemps, c'est ma marraine. Mais Marion, je ne la connaissais pas si bien. Je me demande ce qu'elle fera lorsque Mme de la Salle décédera. Franchement, je ne lui donne pas encore de longs mois : elle est si aérienne, on a l'impression qu'on pourrait la souffler comme une bougie. On dit que ses deux fils sont morts, l'un tout petit, l'autre à Paris dans les années quatre-vingt. Mais nous savons bien que ce n'est pas la vérité… Marion devrait hériter du domaine de la Salle. Si ce n'était pas le cas, je lui proposerais de venir vivre à la maison. Nous avons encore une chambre libre. Je ne peux pas imaginer la laisser tomber.

– Je suis si fier de toi.

– C'est déjà ça, parce que dans le récit de maman, j'ai vraiment le mauvais rôle.

– La Chloé de son roman, c'est tellement elle. Je croirais la voir et l'entendre. Toujours en train de vous reprendre, faire les devoirs, bien se tenir à table, toujours polies, « merci, madame », « au revoir, madame ».

– C'est exactement ce que dit Nana. C'est pour ça que tu l'as quittée ? Elle était devenue chiante ?

– Je ne l'aurais pas formulé aussi brutalement, mais sans doute. Nous avons été précipités l'un vers l'autre par nos histoires familiales communes. Elle a perdu son père un an après que j'ai perdu ma mère et, pour le coup, nous étions vraiment des enfants perdus. Nous nous sommes épaulés, soutenus et, peu à peu, nous avons construit. Mais nous n'avions pas appris à être joyeux, légers, à nous amuser. Nous étions graves et, au bout d'un certain temps, cette gravité est devenue rigide. Je ne savais pas analyser la situation, sinon j'aurais tenté de mettre de la gaieté dans la maison, d'entraîner So vers une vie plus festive. À cette époque, je ne ressentais que ma propre frustration, mon envie de vivre autre chose.

– Alors tu es parti.

– Elle m'a un peu poussé dehors. J'étais de trop. Elle m'avait assez vu. Bref, nous n'avons pas su prendre le bon tournant ensemble. Mais, tu vois, je n'ai jamais rencontré personne qui m'ait donné autant qu'elle l'impression d'être à ma place, d'être une famille. Moi aussi j'aimerais entrer dans votre histoire de disco. Moi aussi je mérite une vie festive !

– Bienvenue, papa. On a du temps encore. Moi, je ne crois pas qu'elle va mourir. Pas avant longtemps. Cette épreuve était destinée à nous changer, c'est tout. Le ciel va devoir attendre encore avant de récupérer son ange.

« Never can say goodbye »
(Gloria Gaynor)

Mme de la Salle a brûlé l'encens, versé le sel et l'eau, prononcé les paroles qui donnent la vie, et éteint les quatre bougies. Marion l'a regardée avec intensité, comme pour fixer le rituel dans sa mémoire.

– J'ai protégé ton amie comme je l'ai pu, a dit Mme de la Salle, assise sur son lit lorsque Marion a eu fini de tout ranger.

– Vous pourriez le faire pour vous aussi.

– Pour moi, c'est trop tard, mon petit. Il est dans l'ordre des choses que je disparaisse. Ton amie est jeune encore et mérite de vivre les années qui viennent.

– Vous m'avez déjà tellement manqué. Si je pouvais profiter de vous encore un peu…

– Toi aussi tu m'as manqué, Marion, mais je n'ai jamais douté que nous nous retrouverions. J'ai beaucoup prié pour ton bonheur. Je savais que tu devais le construire loin d'ici. J'ai aimé te savoir dans ces lieux étrangers. J'aimais aller chaque semaine à la poste voir si une de tes lettres était arrivée. Tu m'as beaucoup écrit. Tu as été la meilleure des filles.

– J'ai gardé toutes vos lettres, elles sont dans un coffre, là-haut. Je n'avais pas besoin de les brûler, personne ne risquait de me reprocher de vous écrire.

– Je n'ai rien brûlé non plus. C'est assez grand ici pour receler des endroits secrets. Ton père ne montait jamais au deuxième. Il considérait que c'était l'étage des bonnes, la lingerie, le débarras. Je n'ai pas eu de mal à y cacher tes lettres sans qu'il s'en rende compte.

– Il était si en colère, si déçu de moi, je craignais tant que vous le soyez aussi, que vous ne m'aimiez plus.

– Mon enfant, a dit Mme de la Salle en passant sa main dans les cheveux de Marion, assise au pied du lit, comment aurais-je pu cesser de t'aimer ? J'ai vu très tôt, lorsque tu as commencé à marcher, que tu n'étais pas comme l'avait été ton frère. Tu fuyais la voix forte de ton père et te réfugiais constamment dans mes bras. Je savais déjà que tu étais la fille que j'avais attendue. Bien sûr, par la suite, je me suis adressé des reproches, j'ai craint de t'avoir influencée dans ton choix. J'ai consulté un psychiatre il y a quelques années, qui m'a rassurée : ce n'est pas mon désir qui a fait de toi une fille, c'est toi qui m'as incitée à t'aimer comme une fille. Tu dois cesser d'en vouloir à ton père, il ne pouvait pas comprendre, c'était si nouveau pour notre époque.

– Il m'aurait tuée s'il m'avait retrouvée.

– Ne crois pas cela, c'est toi que tu blesses en le pensant. Tu dois te réconcilier avec ton histoire. Je vais disparaître très bientôt, je le sens. Cette propriété, tu pourras la vendre et retourner vivre à Paris. Ou la garder et la transmettre à qui bon te semblera. Ne te crois pas tenue de la conserver dans le patrimoine de ta famille paternelle. Nous ne leur devons rien.

– Je n'aime pas y penser.

– Tu devras y penser. Je préfère te le dire maintenant. Il faudra que tu te sentes libre.

– Je me suis toujours sentie libre, grâce à votre amour. Vous m'avez permis de vivre ce que je devais vivre. À présent, je suis bien ici. Le *Dancing Queen* est un drôle de clin d'œil à ma vie d'avant. Bien sûr quelques personnes dans ce village seront surprises et sans doute pas franchement ravies de ma présence, mais je m'en moque, j'ai connu bien pire.

– Ne sous-estime pas les capacités de nuisance des grincheux dans les petites communautés. Ce n'est pas Paris ici, tu ne peux pas te cacher au milieu de la foule. Tu ne ressembles pas aux gens d'ici, Marion.

– Je vais essayer de m'intégrer. J'ai quelques amies, je m'en ferai d'autres, j'espère.

– Promets-moi de ne pas te laisser maltraiter, dit doucement Mme de la Salle en serrant les mains de Marion dans les siennes.

– Je vous le promets, maman. Vous le savez bien, je ne me suis jamais laissé maltraiter.

– C'est ce que j'admire tellement chez toi, ma fille.

« Give me the night »
(George Benson)

Des mois à rêver, à œuvrer, à concentrer nos forces sur des détails, jusqu'à ce qu'enfin arrive le grand soir. J'entends encore mon père : « Prends garde à tes rêves, ils pourraient se réaliser. » Je cherche ce qu'il peut y avoir de si terrible à voir aboutir ce que nous avons ardemment souhaité, hormis la déception inévitable que représente tout passage du fantasme à la réalité. Sans doute cette phrase convenue tente-t-elle de mettre l'accent sur l'importance du cheminement. Le résultat escompté ne doit pas occulter le véritable objectif, cette mise en œuvre des moyens que les Chinois appellent « mise en marche de l'univers ». M'imaginer en reine de la nuit, c'était ma manière de reprendre ce que mon père m'avait volé, ma confiance, mon sentiment de dignité, l'assurance que j'aurais pu espérer avoir un jour dans la vie et qui s'était dérobée sans que j'aie pu l'expérimenter. Qu'importe que je ne sois pas dotée d'une nature de Disco Queen. Moi aussi je pouvais prendre part à la fête. N'importe qui a droit à sa part de plaisir. Nous pouvons tous devenir des Disco Queens.

Les gens du village étaient partagés, d'un côté ceux qui ne voulaient pas être dérangés et se plaignaient à leur maire (Armand m'en faisait part régulièrement), de l'autre ceux qui attendaient avec impatience que surgisse dans leur vie l'esprit de la fête. La plupart ne me connaissaient pas, ils étaient arrivés à Breuil bien après la folie pavillonnaire des années deux mille et me regardaient avec une sorte d'envie, comme si j'avais de toute éternité été habitée par cette divine légèreté. Sans doute cette opération était-elle destinée à m'en convaincre également. Devenir celle qui mène sa vie, non plus celle qui la subit comme je l'avais été cet été-là, à regarder cette fille tourner autour de mon père et détruire notre vie sans que je puisse avoir la moindre réaction. Être enfin celle qui prend, non plus celle qui est prise – dans le tourbillon des jours, la volonté des autres, les injonctions sociales, etc.

J'avais revêtu une robe en lamé argenté que j'avais commandée sur un site internet spécialisé dans la vente de vêtements vintage. Dans les placards de ma mère, rien de tel. Même au début des années disco, alors qu'elle n'avait pas quarante ans, elle était déjà fermée à toute possible perte de contrôle – et la suite n'avait rien arrangé, au contraire, la transformant en mater dolorosa et épouse bafouée admirée pour son stoïcisme. Quant à ma propre garde-robe de l'époque, toujours intacte dans les placards, elle était constituée de vêtements pratiques et sobres. Cette nouvelle tenue, reçue par la poste, était la manifestation éclatante de ma victoire sur la pesanteur.

Nana n'avait eu qu'à fouiller dans ses vieux cartons. Du brillant, elle en avait abondamment porté. En l'occurrence, elle avait exhumé une tunique et un pantalon évasé suffisamment large pour la contenir aujourd'hui, souple et bariolé dans des tons orangés qui faisaient ressembler sa chevelure rouge sombre à un soleil couchant. Sans être très heureux, l'ensemble était original et voyant. C'était le plus important, nous ne devions pas passer inaperçues. Marion portait une robe faite de plusieurs couches de voiles blancs qui retombait en triangle entre ses genoux, mettant en valeur ses jambes fines perchées sur des chaussures dorées à talons aiguilles. Elle semblait parfaitement à l'aise dans cet accoutrement, sans doute l'avait-elle porté souvent dans son autre vie. Ses cheveux relevés sur sa tête retombaient en boucles blondes sur ses épaules, elle évoluait entre les arrivants avec un sourire d'un naturel stupéfiant – elle finirait par avouer qu'elle avait, parmi ses nombreux métiers, été meneuse de revue à Paris. Chloé lui avait emprunté une robe à strass d'un violet profond qui la moulait incroyablement. Je savais qu'elle entretenait sa forme en compagnie de son prof de gym de mari mais je ne la voyais pas si bien fichue. Mickaël s'était dégoté un pantalon blanc moulant et une chemise à jabot. Les petites étaient deux bonbons acidulés, rose, jaune et vert fluo. Yanne et sa bande, Rudy, Camille et toute une flopée de jeunes venus de Rennes, l'avaient joué plutôt cuir, jean noir et bottes cloutées. Karine s'était pomponnée sans oser le total look, Marylène était engoncée dans des vêtements manifestement d'époque, qu'elle avait dû ressortir de ses placards.

Maxime, son mari, le fils aîné de Nana, était venu prêter main-forte. Heureusement, une foule s'était massée dans la cour, la file d'attente courait jusqu'à l'église. Ça annonçait la fournaise sur la piste et dans les petits salons du bas. J'avais été bien inspirée en faisant transformer le vasistas en véritable ouverture donnant sur le jardin à l'arrière. C'était une belle soirée, passer un moment dehors ne serait pas désagréable.

Marylène vendait ses tickets d'entrée avec un sourire extatique. Pour une première fois, ses enfants avaient de la chance : ils n'étaient pas débordés par le vestiaire. Il faisait si beau, la plupart des gens n'avaient pas prévu de manteau, ni même de sac à main. Les locaux avaient tout laissé chez eux tandis que les autres avaient dû dissimuler leurs effets dans la boîte à gants de leur voiture.

Les nouveaux adeptes du disco avaient tous les looks, tous les profils. La plupart ne s'étaient pas spécialement habillés pour l'occasion. Ils portaient les habituelles tenues des noctambules, jeans, tee-shirts ou chemisettes. Certains étaient très jeunes, d'autres avaient la soixantaine bien tapée. Je pouvais identifier des familles entières. La curiosité sans doute les avait poussés là, l'envie de s'amuser enfin. Et puis, derrière un petit groupe, j'ai remarqué cette femme apparemment seule, dont la vision m'a instantanément été désagréable. Pourtant, il ne me semblait pas la connaître. Elle était plutôt replète, boudinée dans une robe bleue, portant des escarpins noirs, banals, usés, des cheveux longs châtain clair, un tantinet filasse. Son visage boursouflé ne me disait pas grand-chose. D'où me venait donc cette sensation de déjà-vu ? Lorsqu'elle a passé sa main dans ses cheveux, un flash m'a traversée : Marie-Christine. Cette fille qui comptait près de dix ans de plus que moi avait été élève de mon père jadis. Nous l'avions retrouvée au camping où elle n'avait cessé de lui tourner autour. Pour finir, elle avait contribué à l'explosion de ma famille, si tant est que je puisse appeler ainsi le couple bancal de mes parents.

Dans un premier temps, j'ai pensé m'approcher d'elle pour lui demander de partir et, en cas de refus, appeler Maxime ou Mickaël pour qu'il la dégage manu militari. Mais personne n'y aurait rien compris. C'était une soirée de concorde, d'esprit festif, de convivialité. J'en étais l'hôte. Gâcher des mois de travaux et d'efforts sur une impulsion aurait été stupide de ma part. J'étais toutefois sidérée par le culot de cette fille. Comment osait-elle se présenter au domicile de celui qu'elle avait détourné de sa famille puis abandonné, contribuant à sa perte ? Un regard en coin du côté de Nana m'apprit qu'elle l'avait aussi reconnue. Elle avait mis son poing sur son cœur pour m'inciter à tenir bon. Mon esprit s'était apaisé. J'étais happée par Armand Lesage qui tenait à me présenter son épouse, son fils et sa belle-fille, une solide jeune femme blonde avec un accent très prononcé des pays de l'Est.

– Quel succès ! me dit-il.

– C'est l'attrait de la nouveauté. Mon défi sera de maintenir une certaine activité toute l'année !

Toujours ma triste manière de minimiser mes plaisirs et de penser aux difficultés à venir. Je tenais cette fâcheuse tendance de ma mère qui trouvait sans arrêt le grain de sable qui gripperait à coup sûr la machine si nous n'y prenions pas garde ; dès lors, nous nous tenions en alerte permanente. Je pouvais me considérer comme une véritable tour de garde. Mais, condamnée comme je l'étais à brève échéance, n'était-il pas temps pour moi de profiter de l'instant plutôt que de penser à l'éventuel chiffre d'affaires des mois à venir ? J'avais beau m'habiller disco, penser disco toute la journée, j'étais loin de la véritable légèreté.

Après une première heure passée à accueillir mes noctambules sur le pas de la porte, la file s'est tarie et les arrivées se sont faites plus sporadiques.

– Bon, cocotte, dit Nana en me prenant le bras, maintenant il faut se jeter dans l'arène.

Grâce aux enceintes installées dans le salon du haut, dès mon entrée, j'ai été enveloppée par la musique avec une émotion intacte, comme si les quarante-cinq années entre mon adolescence et ce moment s'étaient comprimées d'un coup. Nana et moi avancions dans ce monde magique en nous tenant par la main. J'avais perdu de vue Marie-Christine depuis longtemps et ne m'en souciais plus. En descendant les escaliers, les halos de lumière projetés sur les murs sont devenus plus présents. Enfin, en bas, les scintillements des spots de toutes les couleurs entourant la piste en inox nous ont accueillies tandis qu'au-dessus de nos têtes la boule à facettes diffractait nos images.

Au bar, ma fille Yanne paraissait avoir servi des cocktails de toute éternité, tandis que dans la cabine Camille dansait avec son casque sur la tête. Tout était à sa place, me semblait-il. Chloé dansait avec Mickaël. Des années de cours de classique et de modern jazz l'avaient préparée à ce nouveau rôle de night-clubbeuse. Elle se débrouillait bien pour une prof de maths. Il n'était pas impossible qu'un de ses élèves se trouve dans cette foule. Quelle serait sa nouvelle réputation au lycée de Montfort !

– Qu'est-ce que je te sers ? m'a demandé Yanne.

– Un tonic s'il te plaît, ma chérie.

– Un peu de gin dedans ?

– Non, je te remercie.

– Tu ne te lâches pas facilement, a-t-elle fait remarquer.

Estomaquée, je n'ai pu m'empêcher de me dire que, de mon temps, les enfants ne tenaient pas à leur mère ce genre de propos psychologisants.

– Je suis réaliste, ai-je répondu.

– Regarde derrière toi, si ce n'est pas réaliste ça aussi !

J'ai senti une main sur mon épaule.

– Éric ! J'ai cru que tu ne viendrais pas ! me suis-je écriée.

– Les filles m'ont demandé de te laisser le temps de te préparer, d'accueillir tout le monde avant de me montrer.

– Elles ont bien fait.

C'était si étrange de me retrouver avec lui dans cette ambiance d'un autre âge. Mes rares sorties en discothèque, je ne les avais jamais faites qu'avec lui. Je me sentais tirée en arrière, comme si les années qui nous avaient séparés l'un de l'autre avaient elles aussi été mises entre parenthèses puis tout bonnement supprimées. C'était la nuit des sauts dans le temps. J'aimerais écrire que je me sentais bien dans ma robe argent, mais ce serait très exagéré. En regardant Nana évoluer, je lui enviais son ensemble tunique-pantalon pattes d'eph, qui me paraissait plus confortable et surtout plus conforme à nos morphologies de sexagénaires. L'excès de ventre qui se manifestait par deux, trois petites bouées sous le tissu en lamé ne me mettait pas très à l'aise. Bien sûr, celui d'Éric avait pris une ampleur autrement plus conséquente que le mien, mais j'étais de la vieille école, les marques de vieillesse me paraissaient plus attendrissantes au masculin. D'où me venait ce souci de mon apparence devant cet homme que je connaissais par cœur et qui m'avait assistée dans les moments les moins séduisants de mon existence : les maladies et obsèques de mes parents, mes accouchements et toutes mes petites indispositions du quotidien ?

– On danse ? me dit-il en saisissant ma main.

– Allez, maman ! lança Yanne en me faisant signe de rejoindre la piste.

Les petites, qui se trémoussaient sans véritable sens du rythme, sont venues se coller à nous, et j'aurais été bien en peine de déterminer si notre prestation était digne de mes fantasmes. Sans doute en étions-nous très éloignés. On reconnaît les gens branchés à la manière qu'ils ont de toujours faire le geste juste au bon moment. Leur corps se meut avec une désinvolture naturelle, comme les grands félins dans la savane. Je n'ai jamais été de ceux-là. Éric pas plus que moi n'avait été un grand fêtard. Nous nous étions retrouvés trop jeunes en position d'adultes. Après quelques minutes à ressentir les battements des basses, j'ai mis de côté mon environnement, mon ambition de ressembler à une Disco Queen, et je suis entrée dans un rare moment d'oubli de moi-même, une forme de transe qui m'a jetée hors de moi. La nuit m'appartenait comme je lui appartenais. En cet instant, le point de légèreté auquel j'aspirais m'a enfin paru accessible. Je ne m'étais pas trompée en le cherchant là, au cœur même de la chose la plus insignifiante, la danse. « Ce qu'il y a de plus profond dans l'homme, c'est la peau », disait très justement Paul Valéry. L'apparence, le superficiel est la meilleure manière de nous connaître nous-mêmes, la seule manière de connaître les autres.

J'ai enfin compris ce que j'avais tant recherché. Rien ne pouvait être plus essentiel que cette légèreté, cet absolu de notre être réduit à sa plus simple expression, lorsque plus rien ne pèse, ni pensée, ni désir, ni corps, ni matérialité. Peut-être cette joie pure était-elle semblable à la mort.

« Don't leave me this way »
(Thelma Houston)

Le matin où mourut Mme de la Salle, Marion avait rendez-vous de bonne heure avec le président de l'Association des chasseurs. Elle l'avait eu longuement la veille au téléphone. Il s'agissait de discuter de l'opportunité de clore entièrement la propriété avec du fil électrifié. Dix hectares à encercler. Les chasseurs étaient d'accord pour faire le travail si on leur fournissait le matériel. C'était absurde. Outre les prairies, il aurait fallu passer dans la forêt, sur la lande, au milieu d'un ruisseau. Le terrain entier avait été son espace de rêverie et de liberté lorsqu'elle était enfant puis adolescente, emprisonnée dans un corps de garçon. Les sangliers n'existaient pas alors. Il lui arrivait de croiser un blaireau ou un renard, une vipère ou un lapin, mais de gros gibier, il n'y en avait pas.

Elle en voulait aux chasseurs de devoir quémander leur aide pour abattre le gibier qu'ils avaient eux-mêmes introduit voilà deux ou trois décennies. L'homme était affable, prêt à rendre service. Il n'était pas responsable de cette situation. À l'époque, il était encore adolescent lui aussi. Il reconnaissait la quasi-impossibilité de clore la totalité du terrain à moins d'accepter de renoncer aux parties boisées, pentues ou envahies par les ajoncs, c'est-à-dire presque la moitié de la propriété. Marion ne prit aucune décision dans l'instant. Elle dit qu'elle en parlerait à madame et qu'elle lui ferait part de son avis.

– Lorsque les sangliers font trop de dégâts, nous avons la possibilité de demander une dispense pour pouvoir chasser hors saison. Si vous voulez, nous pouvons intervenir ce dimanche. Je passerai à la mairie informer M. le Maire.

– Oui, reconnut Marion, évasive, c'est peut-être la meilleure solution. Les chasser d'ici, dans tous les sens du terme.

Elle le remercia pour sa diligence et prit congé.

Lorsqu'elle entra dans la chambre de sa mère, elle sut à l'instant que ce matin-là n'était pas ordinaire. Les rideaux étaient toujours tirés, alors que le soleil était déjà haut, une désagréable odeur de renfermé flottait dans la pièce, aucun bruit ne montait du lit, ni souffle ni draps froissés. Elle ouvrit les rideaux, la fenêtre pour laisser entrer la lumière, l'air, une forme de vie qu'elle savait déjà absente du lit. Elle s'agenouilla à côté du corps immobile, prit délicatement la main frêle et froide, y posa son front et pleura.

Plus tard dans la matinée, elle appellerait le médecin légiste, les pompes funèbres, le notaire, ses amies.

Je nettoyais le bar du haut lorsque Nana est entrée en trombe dans le *Dancing Queen*. Notre opening night avait été un immense succès, toute la bande de Yanne nous avait assuré de revenir le week-end suivant, par envie et non par fidélité. « La meilleure soirée de notre vie », avaient-ils dit. C'était mon plus beau compliment, quoique côté village je n'aie pas manqué de soutien : « Merci de nous offrir ces moments » est une phrase que j'avais beaucoup entendue au cours de ce soir inaugural. Une journaliste de *Ouest France* m'avait promis qu'elle ferait un joli papier dans l'édition de fin de semaine. Je ne me sentais pas encore fatiguée par cette folle nuit, ni celle d'après, bien au contraire, une énergie nouvelle s'était introduite dans mon corps. Je me sentais comme montée sur coussin d'air, l'aéroglisseur du ménage. En toute logique, j'ai pensé en voyant Nana qu'elle venait me donner un coup de main.

– Ma Soso, il faut que je te dise, c'est bien triste pour Marion : Mme de la Salle est morte.

– Oh, ai-je fait, sans autre commentaire.

En cet instant, je pensais à cette famille d'aristocrates à l'air supérieur qui avait fasciné ma jeunesse, à la légende qui l'entourait. Tout ce qui nous vient de l'enfance comporte un caractère sacré. Lorsqu'un élément disparaît, le souvenir se craquelle. J'aimais, je crois, savoir la baronne en vie, proche de notre village, faisant le lien entre le passé, celui dans lequel mes parents et grands-parents étaient vivants, et le présent, ma curieuse manière de me réinvestir dans ma campagne. Dans le même instant, je pensais à Marion, désormais seule.

– Que va devenir le domaine de la Salle ? ai-je demandé en suivant le fil de ma pensée. Et Marion ?

– Marion hérite, évidemment, a balancé Nana, comme si c'était bien naturel.

– Tu es sûre ? me suis-je étonnée, les yeux écarquillés.

– Ben oui. C'est chez elle, elle hérite, c'est normal, elle est la fille des De la Salle… enfin tu me comprends.

– Comment ça ? Tu veux dire que Marc de la Salle n'est pas mort à Paris et qu'il…

– Mort seulement aux yeux de son père. Plutôt se priver de descendance que d'admettre que son fils était en réalité une fille ! Ces cons de réacs, quand même ! Heureusement que la mère n'avait jamais coupé le lien. Mais qu'est-ce que tu as, ma Soso, t'as l'air de tomber des nues ?

– Reconnais que ce n'est pas ordinaire. Marion est ultra féminine, plus que nous, ses mains, ses jambes, son visage, tout est tellement fin chez elle, et aucune chirurgie ne peut affiner les attaches de nos membres.

– Elle a toujours été comme ça. Chez elle, tu trouves des photos d'elle enfant, on dirait une fille. Tu ne te souviens pas de Marc à l'école ?

– Si, mais c'était un garçon banal, avec des cheveux courts, qui ne se mêlait pas aux jeux des autres. Il n'était peut-être pas bagarreur ou turbulent mais beaucoup de garçons sont doux, fins et gentils sans pour autant être des filles. Alors non, je peux te dire que, chez Marion, ça ne se voit pas qu'elle est trans.

– Ne me dis pas que ça te choque, enfin, Soso ! Marion est notre amie, elle a perdu sa mère, elle est triste et seule, sans aucune famille pour gérer les obsèques avec elle. Alors, cocotte, on se bouge.

Je m'étais déjà beaucoup bougée ces dernières soixante-douze heures. Brusquement, j'ai senti la fatigue me tomber dessus. N'avais-je pas effectivement été aveugle ? Qu'est-ce qui me heurtait autant ? D'avoir tant œuvré pour fédérer quelque chose dans ce village et me rendre compte que je demeurais exclue du principal, la confiance de celles que je considérais comme des amies ? Cela signifiait-il tout simplement que je n'étais pas aussi « évoluée » que j'aurais pu le penser ?

« I'm coming out »
(Diana Ross)

– C'est quoi cette histoire d'exclusion ? a demandé Marion en serrant la main de Soizik. Ça fait des années qu'on s'est retrouvées et que tu sais parfaitement qui je suis.

La malade avait quitté sa chambre stérile et même le service d'hématologie du CHU pour rejoindre une unité de rééducation cardiaque : régime, sport, méditation.

– Pourquoi racontes-tu les choses de cette manière ? Vraiment, ça te choque que je ne sois pas née dans le bon corps ?

– Mais non, c'est un roman. Tu vois bien que mon personnage n'est pas très subtil, avec sa discothèque, ses gros travaux et sa manière d'avancer comme un bulldozer. C'est normal que sa réaction soit un peu pesante. Il ne faut pas prendre la fiction pour la réalité.

– Je sais bien, a soupiré Marion, mais c'est tout de même toi qui écris. Et je ne peux pas m'empêcher, même si c'est basique, de penser que tu mets de tes sentiments dans ton roman.

– Je n'aurais sans doute pas dû me lancer là-dedans. Ma propre fille m'en veut de la manière dont je la présente.

– Tu t'es rattrapée sur la piste de danse !

– N'est-ce pas ? Tu vois comment est mon propre personnage, un peu lourdingue ? Eh bien, la révélation au sujet de Marion me permet de le faire évoluer. Si on révèle tout d'emblée, c'est moins intéressant. On crée des personnages non pas pour qu'ils ressemblent à des personnalités réelles mais pour que leur trajectoire, leur manière de grandir soient inspirantes.

– Tu crois que c'est là l'utilité des romans ?

– Pour l'auteur, c'est certain. L'évolution de ses personnages lui sert à comprendre ce qu'il veut, dans quelle direction il va, quel sens il cherche et, au-delà de lui-même, quelle orientation il peut proposer à son lecteur. En l'occurrence, une jeune femme partie pour une vie rangée, semblable à celle de sa mère, s'émancipe peu à peu, tandis que ladite mère, un peu étroite d'esprit, abandonne les apparences pour s'ouvrir à l'humanité profonde des gens qui l'entourent…

– Tu es certaine qu'en vrai tu n'es pas choquée par les personnes transgenres ? a insisté Marion.

– Tout de suite les grands mots. Marion, tu es mon amie, je t'aime, tu n'es pas une personne transgenre.

– Je suis aussi une personne transgenre.

– Alors soit, je t'aime, tu es transgenre, donc je ne peux pas être choquée par les personnes transgenres. Ça te va ?

– Mmmm.

– Mais reconnais que, pour l'histoire, il est préférable que la narratrice soit un peu choquée par cette révélation. Le lecteur entrera davantage en empathie avec elle. Car la plupart des gens, il faut l'avouer, sont un peu perplexes devant la transidentité.

– Ouais, je sais que tu as raison, même si ça ne me plaît pas trop. Mais je ne suis pas certaine qu'un roman puisse grand-chose pour nous, surtout si le narrateur lui-même tombe des nues.

– Je vais retirer ce passage s'il te fait de la peine. On va passer directement aux obsèques. Je voudrais tellement être à tes côtés. Je peux demander une autorisation de sortie, tu sais. Je ne suis pas en prison.

– Je suis désolée de te dire ça, mais les obsèques ont déjà eu lieu. J'ai fait enterrer ma mère à côté de mon père, dans la petite chapelle. Ce n'est pas qu'ils s'aimaient tellement mais ma mère adorait cette petite chapelle dans laquelle elle avait fait enterrer son fils aîné. Nous avons depuis lors la permission d'y inhumer la famille et, comme je n'ai pas l'intention de vendre, au moins les aurai-je tous les jours sous les yeux. Et puis je n'avais pas envie de la curiosité du village. Tu comprends ça ?

– Oui, parfaitement, a répondu Soizik un peu trop sèchement.

– Tes filles étaient là, la famille de Nana aussi, un prêtre ami de ma mère, et c'est tout. Tu sais, la plupart des habitants de ce village n'ont pas connu ma famille. C'est commode pour moi. Il ne reste guère qu'une dizaine de personnes pour se souvenir des fils de la Salle, et encore, même ceux-là finissent par se dire qu'ils se sont trompés, que j'ai toujours été une fille. La question du transgenre ne les a même pas effleurés.

– Tant mieux, ça ne sert à rien de susciter la curiosité.

– Je vois bien que tu es un peu fâchée d'avoir été tenue à l'écart des obsèques, mais Chloé ne voulait pas que tu te mettes en danger. La pandémie est loin d'être enrayée, tu es plus en sécurité ici.

– Bof, il y a beaucoup de visites, de va-et-vient, mais si Chloé le pense…

– Ta fille est extraordinaire.

– C'est marrant, j'aurais pensé que tu t'entendrais mieux avec Yanne.

– Pourquoi ? Parce qu'elle est homosexuelle ? a demandé vivement Marion. Je ne le suis pas. Je suis une femme et j'aime les hommes.

– Ne te fâche pas si je suis maladroite, a supplié Soizik. Non, c'est que Yanne a un esprit libre, hors norme.

– Moi, pas trop, vois-tu. La vie m'a obligée à être

différente mais, si j'avais pu naître dans le bon corps, j'aurais sans doute été assez traditionnelle. Cette erreur de la nature a peut-être été ma chance pour ne pas devenir une nouvelle baronne ridicule. Et ne crois pas que Yanne soit plus hors norme que Chloé, tu serais surprise, vraiment.

– En tout cas, merci de ta franchise, tu me confirmes donc que Yanne est homosexuelle. Je m'en doutais à vrai dire, mais personne n'avait jamais osé me l'annoncer en face.

– Vraiment, So, tu es redoutable !

– Un partout. Je te présente toutes mes condoléances, mon amie, pour le décès de ta mère. Je sais ce qu'on peut ressentir lorsqu'on est enfant unique et que l'on perd le dernier de ses parents. Je sais aussi que tu lui étais très attachée. Tu pourras toujours compter sur moi.

– Merci. Et moi je te présente mes excuses pour avoir outé ta fille sans son consentement.

– C'est à elle que tu devrais les présenter. Mais je te suggère que nous n'en parlions pas. Je rendrai l'affaire explicite dans le texte et Yanne saura qu'elle n'a plus besoin de se dissimuler. De toute façon, j'avais compris sans les sous-titres. Bon, maintenant, je vais m'occuper de l'affaire Travolta.

– Ah, tu veux vraiment le faire venir ?

– Bien sûr, d'autant que, sur le papier, ça ne me coûte pas plus cher.

– Vu comme ça, c'est sûr. Si j'insiste, c'est juste pour la crédibilité de l'histoire.

– Qui se soucie de la crédibilité de l'histoire ? À part Nana, toi, les filles et leur père, qui lit ça ? Comme je te l'ai dit, un roman est destiné à mettre de l'ordre, voire du sens dans la vie de l'auteur, la mienne en l'occurrence.

« Night fever »
(Bee Gees)

L'élection de la Disco Queen avait été une riche idée car elle offrait à mes noctambules une bonne raison pour devenir des fidèles de ma discothèque. À la différence des autres endroits de distraction qui n'existent que pour le plaisir immédiat, je faisais valoir l'intérêt de participer aux défis lancés chaque week-end, de gagner des entrées et des consommations gratuites. Parmi la foule des danseurs, certains se détachaient au fil des semaines, s'affrontant sans vraiment le dire, offrant aux plus réservés un spectacle chaque fois différent. Tous, acteurs comme spectateurs, attendaient avec impatience l'élection, fixée au début du mois de novembre. Je n'avais pas choisi cette date au hasard, je craignais que l'été, les vacances n'émoussent l'enthousiasme des premiers temps. La fréquentation du mois de juin avait dépassé mes espérances. Ce rendez-vous de l'automne m'assurait une belle rentrée.

Après les obsèques de Mme de la Salle dans la chapelle posée à l'entrée de leur domaine, Marion m'avait assuré qu'elle se consacrerait à la quête de l'invité surprise, John Travolta dans le meilleur des cas. Sa succession ne présentait rien de compliqué, elle était fille unique, sans concurrence, la nue-propriété était déjà à son nom depuis le décès de son père ; le reste, le notaire de Montfort s'en chargeait. Marion, dont la vie avait toujours été modeste et laborieuse, se retrouvait soudain avec un temps libre infini et des moyens très importants. Elle semblait flotter dans cette nouvelle situation trop grande pour elle. Elle n'avait jamais vécu que dans des espaces étroits, à Paris ou à New York. Même dans le manoir elle ne s'était pas étalée au-delà de la chambre réservée aux bonnes au deuxième étage. À présent, elle était comme un animal né en captivité lâché dans la nature, cherchant en vain des grilles pour le protéger. Je la comprenais parfaitement, j'avais éprouvé cette sensation de flottement au décès de ma mère. Heureusement, ma maison n'était pas vide, bien au contraire. Mes petites-filles, Chloé et son mari, Yanne bien souvent et désormais ses amis Camille et Rudy occupaient une place très conséquente, m'offrant le cadre un peu rigide dont j'avais besoin.

Incapable de se projeter dans une vie oisive, Marion disait envisager de restaurer le manoir pour ouvrir des chambres d'hôtes, une activité encore plus exigeante que patronne de discothèque. Sur ce marché-là, le moindre détail comptait, du charme du logement à la fraîcheur des croissants. Ce n'était pas une idée saugrenue. L'hôtellerie de charme manquait cruellement dans notre région. Les touristes préféraient s'enfoncer davantage dans la forêt et encore, même là, l'accueil n'était pas au rendez-vous. Les chambres de Marion pouvaient trouver une belle clientèle. Je la suppliais néanmoins de conserver sa liberté. Que deviendrait le *Dancing Queen* sans elle ? Elle n'était pas pressée de prendre une décision et, m'assurait-elle, quoi qu'il advienne, rien ni personne ne l'empêcherait de venir s'égayer chez moi.

En attendant, elle disposait de temps pour courir après John Travolta, dont je commençais à comprendre qu'elle l'avait vaguement connu jadis, lorsqu'elle vivait en Amérique. Elle n'en espérait pas seulement un message poli, mais bel et bien une participation à l'élection de la Disco Queen.

Pendant l'été, Nana, Marion et moi étions restées à Breuil. Marion surveillait les travaux d'avancement de sa future piscine. Je profitais de ma maison vidée de ma famille, en escapade à La Baule pour Chloé, en stage de voile aux Glénans avec Camille pour Yanne. Nana assurait les permanences du salon. Elle ne chômait pas avec les épilations. Nous nous retrouvions quotidiennement pour prendre l'apéritif chez l'une ou chez l'autre. Nous savourions ces plaisirs comme des adolescentes que des parents négligents auraient laissées livrées à elles-mêmes.

En septembre, Marion m'a dit qu'elle allait enfin pouvoir m'annoncer une bonne nouvelle :

– Attention, ce n'est pas non plus un miracle. Je ne vais pas pouvoir faire venir John Travolta…

– Je me doute, ai-je répondu, quoiqu'un peu déçue, comme si j'avais réellement pu espérer un tel événement.

– Mais avec les confinements et les nouvelles habitudes Covid, il a appris à interagir en visioconférence. Il est d'accord pour faire partie du jury par écran interposé depuis son salon.

– Non !

John Travolta s'intéressant à l'élection de la Disco Queen du village de Breuil, j'étais soufflée.

– Qu'est-ce que tu lui as raconté ?

– La vérité. Toute l'énergie que tu as mise pour ressusciter le disco. Le fait que ça ne durerait qu'un samedi soir, que sa voix serait prépondérante, que le village lui serait reconnaissant à vie.

– Et tu le paies ?

– Même pas. J'ai proposé, il n'a pas voulu. C'est un type sympa. Il a perdu son épouse il n'y a pas longtemps. Il a une fille plus jeune que les tiennes et un fils encore enfant. Je crois que ça l'amuse. On vérifiera la liaison la veille ou le matin pour être sûres que ça marche et le grand écran derrière la piste de danse va enfin servir à quelque chose.

– C'est tellement incroyable que, jusqu'au bout, j'aurai du mal à y croire.

– Alors restons prudentes : annonce le concours, annonce une surprise, on trouvera toujours. Invite la copine de Yanne qui est journaliste à *Ouest France*. Si ça fonctionne, ça fera un buzz d'enfer dès le lendemain. Si ça foire, tout le monde passera de toute façon une bonne soirée, et moi j'offre son prix au vainqueur.

– Quel prix ? ai-je demandé avec naïveté.

– Quand tu organises un concours il faut un prix, ma chérie. Ce n'est pas juste pour la gloire qu'on veut être la Disco Queen du village !

– Tu crois ? Jadis, il n'y avait pas vraiment de prix. Ou alors des entrées gratuites et des bouteilles de champagne. J'avais l'intention d'inviter le gagnant une fois par semaine pendant un an, c'est pas mal déjà, non ?

– Oui, c'est très bien.

– Tu pensais à quoi sinon ?

– Un voyage à New York !

– Tu es dingue, ça coûte une fortune ! Dans ma famille, personne n'est jamais allé à New York. Il ne faudrait pas habituer nos fidèles à des cadeaux de luxe. À la limite, un voyage à Paris – si Travolta nous lâche –, ce serait déjà bien. Tout le monde n'a pas les moyens de s'offrir le TGV et l'hôtel. Ce serait à notre mesure.

– Tu as sûrement raison, a admis Marion. J'offrirai un voyage à Paris dans un bel hôtel, que Travolta soit là ou pas. S'il nous lâche, ce sera New York. On dira que c'était ça la surprise. Et toi tu inviteras les trois premiers à entrer gratuitement au *Dancing Queen* pendant un an.

Tope là. Il me semblait avoir changé de dimension : Travolta sur mon écran, un voyage à New York, un séjour dans un hôtel parisien, j'avais du mal à y croire…

Et puis novembre est arrivé. La rentrée du *Dancing Queen* avait tenu ses promesses. Les fidèles dansaient de mieux en mieux. Il n'y aurait pas de catégorie hommes, femmes ou couples, l'important était que le public soit subjugué. Mon gendre Mickaël se tenait au sommet du hit. Sportif depuis l'enfance, prof d'EPS, il s'était mis au disco comme s'il avait fait ça toute sa vie. Il entraînait Chloé qui devenait une vraie graine de Disco Queen. Yanne était plus pataude. Elle avait toujours préféré les sports de garçon comme le judo ou le hockey sur glace. Sur une piste de danse, ça finissait par se voir. Marie-Christine, ma vieille ennemie, ne manquait aucune soirée. Vendredi et samedi, chaque semaine. Toujours seule. Nous n'étions pas encore allées au-delà du bonsoir de bienvenue, chacune répugnant à entamer la conversation – pour se dire quoi du reste ? Sa solitude me faisait de la peine. Quelle avait été sa vie après mon père ? S'était-elle mariée ? Avait-elle eu des enfants ? En tout cas, rien ni personne ne semblait occuper ses week-ends. Avait-elle jamais quitté Montfort, le centre des impôts ? Finalement, j'étais curieuse de sa vie. Je l'avais tenue pour responsable de la destruction de la mienne, mais quelle qu'ait été ma douleur, je m'en étais sortie. J'avais eu un mari aimant, qui s'était transformé en indéfectible ami avec les années, deux filles formidables, deux petites-filles adorables et des centaines d'élèves qui m'avaient fait enrager ou rire mais que j'avais adoré retrouver à chaque rentrée, comme une bonne écolière impatiente de voir revenir le mois de septembre. Et à présent je me trouvais à la tête de l'endroit le plus festif de tout le département. N'étais-je pas bénie des dieux ? N'était-il pas temps de faire la paix avec le passé et, par conséquent, avec Marie-Christine, laquelle, il me faut néanmoins le signaler, s'était inscrite au concours de la Disco Queen ?

Nous avions décidé de faire les essais le jour même. J'étais fébrile. Dans l'après-midi, nous sommes parvenus à établir la liaison avec la maison de la star en Floride. Une jeune femme charmante s'est affichée sur notre grand écran. Je ne suis pas très anglophone, mais j'ai tout de même compris qu'elle était la fille de Travolta et qu'elle réglait tout à sa place.

– *We're all going to watch !* a-t-elle déclaré, souriante.

Ils allaient tous regarder, mais qui tous ? Son fiancé, son frère, ses copines, son père bien sûr, des amis de son père. Un vrai petit spectacle. Je me suis mise à transpirer. Tout cela ne prenait-il pas des proportions démesurées ?

– Détends-toi, me répétait Marion. Que veux-tu qu'il se passe ? Au pire, nous serons un peu ridicules, nous n'en mourrons pas.

Ridicules, oui, c'est exactement ce que je pensais. Nous avons testé le son. La jeune femme a levé les pouces : c'était parfait. Pour orienter la caméra, nous avons demandé à Chloé et Mickaël de se placer au milieu de la piste et de danser.

– *Perfect !* s'est écriée la jeune Travolta. *You're great !*

– C'est ce que j'adore avec les Américains, a dit Marion, ils savent se réjouir de peu et prodiguer des encouragements.

– De peu, tu exagères, a protesté Chloé en rigolant.

Et voilà, tout était prêt. La fièvre montait. Vers neuf heures, les premiers clients sont arrivés. Ils avaient dû réserver leurs billets à l'avance car la demande était grande. Pourtant, aucun n'avait eu vent de notre grande surprise. Ils étaient juste pressés de danser, de s'affronter, de se distraire, de s'amuser. Vers dix heures, notre vingtaine de candidats étaient en piste. Nous avons fait dégager l'espace correspondant à l'angle de vue de la caméra. Les candidats se sont alignés sur les côtés, le public derrière eux, dans les travées, massés au bar ou sur les tables. C'était déjà un beau bazar. Chaque prestation ne devait pas excéder une minute. Au terme de ce premier round, il n'en resterait que dix. Pour le deuxième, ils auraient droit à deux minutes. Lorsqu'ils ne seraient plus que cinq, ils auraient une chanson entière pour convaincre le jury. Le public disposerait d'une voix, Nana et Marion d'une voix, Armand Lesage également puisqu'il était le maire et John Travolta de deux voix. Je préférais ne pas voter. Je ne voulais me brouiller avec personne.

Lorsque le public et les candidats furent tranquilles, j'ai pris le micro pour énoncer les conditions du vote et annoncer notre membre surprise du jury. Dans la salle, tout le monde a retenu son souffle. Lorsque John Travolta est apparu à l'écran, sa famille et ses amis derrière lui, un « Oh ! » émerveillé est monté du public tandis que je manquais de m'évanouir. Marion a pris le micro pour faire l'interprète. Elle s'y connaissait en show à l'américaine et distribuait des *Hi John*, des *How are you ?*, des *We're so happy*, des *Thank you so much*. De son côté, l'ancien play-boy, toujours très classe avec ses cheveux gris, son grand sourire, sa main dans les cheveux, nous renvoyait des *It's an honor, thank you so much*. On aurait pu se croire à la soirée des Oscars.

Nos candidats n'en menaient pas large. Hormis Chloé et Mickaël qui suivaient l'affaire depuis le début, tous avaient maintenant les jambes en coton. Danser devant *Le* maître, ce n'était pas prévu. Nous étions convenus que ma fille et mon gendre ne pourraient aucunement monter sur le podium afin de laisser aux autres les trois prix, ce que j'avais précisé lors de mon introduction ; en revanche, ils étaient autorisés à se mesurer aux candidats, ce que tout le monde avait approuvé.

Une minute pour chacun : nous avions le chronomètre et le bip pour que les danseurs prennent la suite les uns des autres de manière fluide. Camille avait préparé la play-list de tous les tubes du film mythique : « Night fever », « You should be dancing », « Stayin' alive », etc. Elle a envoyé la musique,

Chloé et Mickaël ont ouvert le concours. Ils étaient sidérants. Bien entendu les parents ne voient jamais leurs enfants comme de potentiels sex-symbols – pas plus que les enfants ne sont capables d'envisager la vie sexuelle de leurs parents. Bien sûr, je savais que Chloé avait fait beaucoup de danse et pour cause, c'était moi qui l'inscrivais chaque année, qui l'accompagnais chaque mercredi et qui me devais de ne jamais rater un spectacle de fin d'année. Mais de là à imaginer que ma sage fille aînée, si raisonnable, si rationnelle, soit une danseuse aussi virevoltante, j'étais sciée et ravie. La minute a filé en une seconde et tous les candidats se sont succédé à une vitesse folle.

Ils avaient beau fréquenter le *Dancing Queen* depuis plusieurs semaines, m'être devenus familiers, ils se sont tous surpassés pour cette occasion. Et ce n'était pas la perspective du séjour à Paris qui les galvanisait. Ils avaient dû répéter leur chorégraphie durant des heures depuis la rentrée. Même Marie-Christine m'a épatée. Elle avait perdu sa splendeur mais rien de son énergie, de son esprit de compétition. Elle était la doyenne sans aucun doute, mais pas ridicule, bien au contraire. Du reste, notre président du jury l'a félicitée en lui disant qu'elle lui donnait envie de se remettre au disco, qu'il n'y avait pas d'âge finalement pour la fête.

Le premier tour terminé, il a félicité chacun en disant que c'était un crève-cœur de devoir éliminer la moitié de l'effectif. Ça se jouait aussi à l'applaudimètre, sans compter Nana et Marion assistées de l'équipe du Dancing, Rudy, Marylène, Camille… Tous ces paramètres ont permis d'écarter une dizaine de candidats, au rang desquels ne figuraient pas Chloé et Mickaël qui avaient été plébiscités par le public et salués par Travolta.

Au deuxième tour, Marie-Christine, extatique, a quitté la piste sous l'ovation de la jeunesse bluffée de voir la génération de ses grands-parents capable d'une telle performance. Peu après Marion m'a confié ce qu'elle avait appris : Marie-Christine n'avait pas eu d'enfant, seulement un mari violent auquel elle avait échappé in extremis. Elle travaillait aux services sociaux de la communauté de communes. Elle vivait toujours à Montfort dans un studio. Sa vie s'était finalement arrêtée avec la perte de son amour de jeunesse lorsqu'elle avait vingt-cinq ans. Mon ressentiment est tombé d'un coup et avec lui la douleur que je traînais depuis des années. Même ma mère, la veuve éplorée, avait eu une vie plus marrante, émaillée de voyages, de petits-enfants, de copines joueuses de cartes. L'adolescente que j'avais été, submergée par la fatalité, était en train de s'effacer. Après m'avoir projetée des années en arrière, la musique qui continuait de chanter dans les enceintes se vidait peu à peu de son potentiel sulfureux. C'était une chouette musique mais, comment dire, un peu banale. Elle n'avait occupé cette place dans mon cœur que parce qu'elle avait été la première mélodie de mes premiers rêves, premiers émois, premières désillusions, sonnant la fin de l'enfance et l'entrée dans le monde adulte. Je n'aurais su dire si j'étais heureuse de pouvoir remettre ces chansons à leur juste niveau ou déçue qu'après avoir représenté *tout* ça, elles ne soient plus *que* ça…

C'est un garçon de Breuil qui remporta le premier prix. Il avait quelque chose de Travolta. Il était follement heureux de séjourner à Paris. Il n'y était allé qu'une fois, à quinze ans, lors d'un voyage scolaire. Il avait un sourire d'enfant, assorti d'une fossette.

– Trop chou, a décrété Rudy, qui se serait bien vu l'accompagnant à la capitale.

Le gagnant était ému de parler en direct avec John Travolta, même si l'homme ne représentait pas grand-chose dans son imaginaire de gamin né en 2000. Mais il était prêt à adopter nos souvenirs si cela lui permettait de se sentir exister.

Mes filles sont venues me chercher pour me faire danser avec elles. La clientèle a dû être surprise de me découvrir si peu douée pour la danse. La plupart des gens du village m'avaient prise pour une night-clubbeuse professionnelle alors que, dans toute ma vie, je n'avais, au plus, fréquenté les discothèques qu'une dizaine de fois. On peut toujours tenter de se réinventer, mais certains détails ne trompent pas. Je ne serai jamais une Disco Queen.

FIN

« Last night a DJ saved my life »
(Indeep)

– On lui dit quand ? a demandé Yanne en aspirant sa chicorée brûlante à petites gorgées.

– On ne lui dit pas, a rétorqué immédiatement Chloé. On attend qu'elle sorte, on lui fera la surprise.

– Et, hop, crise cardiaque ! a fait Yanne.

Camille, debout derrière le bar, a rigolé.

– N'exagérons rien, a tempéré Marion. Les stents sont bien en place, son cœur est solide. La greffe de moelle s'est bien passée. Elle pédale, rame, court et soulève des poids toute la journée, je pense qu'on va la récupérer dans une forme olympique. En plus, l'épidémie de Covid est passée, l'obligation de porter des masques est terminée. Elle a bien choisi son timing.

– On va avoir du mal à avoir Travolta sur l'écran en direct, a fait Yanne avec une moue.

– Je m'y attelle. Sa femme est morte d'un cancer, il est sensible à la maladie, a dit Marion.

– Tu lui as dit que maman avait un cancer ? a fait Yanne en haussant un sourcil.

– J'ai tout dit, a confirmé Marion. J'ai parlé du roman qu'elle écrit depuis plusieurs mois, de l'acharnement de Mickaël et Chloé à réaliser ce rêve. Soit dit en passant, la personnalité de la Chloé du récit a drôlement évolué depuis le début.

– Carrément, ça fait plaisir, a approuvé l'intéressée, satisfaite. Mais c'est drôle que maman ait à ce point tout perçu de nous alors qu'elle était enfermée dans sa bulle.

– Merci pour la pataude ! a grommelé Yanne.

Camille a ri de nouveau puis fait remarquer :

– Ce n'est pas méchant. C'est vrai que tu n'es pas une pro de la danse comme ta sœur.

– Il était improbable que ma sœur devienne une pro de la danse, a protesté Yanne. J'ignore où ma mère est allée chercher ça.

– Maman est devenue voyante, a dit Chloé, heureuse de ne plus stagner dans le rôle de la fille coincée.

– Pour nous deux, elle a tout saisi, a ajouté Camille. Ça n'a pas l'air de lui poser un problème et c'est ça qu'on voulait, qu'elle nous accepte comme nous sommes. Et elle a raison : je suis une top DJ. C'est cool aussi qu'elle ait demandé à Chloé qu'on réattribue les pièces de la maison, c'est tellement plus logique. Comment est-ce qu'elle a compris qu'on vivait tous plus ou moins là ? Quelqu'un lui a dit ?

– Non, a répondu Chloé, c'est venu tout seul, elle m'a confié qu'elle ne voulait plus occuper la chambre de ses parents, qu'elle préférait la chambre d'amis et sa petite salle de bains rose dont les fenêtres donnent sur les champs. Elle trouvait que c'était bien que nous prenions la suite parentale et que les filles s'installent dans les chambres d'enfants comme ça aurait dû être le cas pour elle et sa sœur si elle avait vécu. Ainsi, ça libère tout l'étage des combles pour votre petite bande.

– C'est trop cool d'être là-haut avec Rudy, a insisté Camille. Et d'accueillir les potes qui veulent rester après la boîte. J'ai de moins en moins envie de rentrer à Rennes le mardi. Si je mixais pas trois soirs rue Saint-Michel, je resterais bien toute la semaine avec vous.

– On est quand même contentes de vivre en ville, a protesté Yanne. Faudrait pas abuser des bonnes choses. Je vous ai raconté que j'avais mis le changement de nom du département à l'ordre du jour ? Maman a eu une idée de génie : Ille-de-Bretagne, ça me paraît tellement évident, j'ai bon espoir que ça puisse être voté. À partir de là, je pense qu'en quelques mois plus personne ne saura comment on a pu s'en passer.

– Bravo, l'a félicitée Chloé. Quand tu veux un truc, tu ne lâches rien. Tu vas y arriver.

– Toi non plus tu ne lâches rien, a fait remarquer Nana, on t'a vue faire avec le *Dancing Queen*, c'est spectaculaire. Quand est-ce que tu te mets en dispo de l'Éducation nationale ?

– À la rentrée. J'ai droit à cinq ans. C'est exactement ce qu'il nous faut pour savoir si notre affaire est rentable. Je vais suivre une formation de comptable cet été. J'en ai fait un peu en classe d'éco en terminale. Avec mes bases en maths, je devrais y arriver. Être la comptable du *Dancing Queen* en plus d'être sa gérante va me permettre de bosser à la maison. Il reste encore un an à Gwen avant d'aller au collège. On va prendre du temps toutes les deux. On n'a jamais rien fait ensemble, toujours en famille. Mickaël n'a pas de devoirs à corriger, il n'est pas obligé de lâcher son boulot pour l'instant. Au contraire, ça lui plaît de continuer à entraîner des mômes. Si les affaires marchent mal, je reprendrai l'enseignement. Si ça marche, comme ça a l'air d'être le cas, il se mettra comme moi en disponibilité. Je n'aurais jamais cru que le disco attirerait autant de monde.

– Après les années plombées qu'on vient de vivre, n'importe quelle musique aurait fait l'affaire, a dit Yanne.

– Ah non ! a protesté Marion. Je suis sûre que le côté paillettes, léger, kitsch du disco est pour beaucoup dans le succès. Pourquoi les Rennais viendraient-ils jusqu'ici ? Ils n'ont qu'à aller à l'Espace ou au Pimm's. Elles existent toujours ces boîtes, d'ailleurs ?

– L'Espace oui, le Pimm's jamais entendu parler, a répondu Camille. Peu importe les noms : on n'a plus envie de prendre le monde au sérieux. La pandémie, la guerre, tout est plombé. Le disco, c'est impossible de le prendre au sérieux, c'est tellement décalé. J'aurais jamais pensé que j'aimerais autant ça.

– Je vous signale néanmoins que dans son dernier chapitre maman a l'air de dire qu'elle n'y tient plus tant que ça à cette musique.

– Elle vous aura au moins transmis le flambeau, a dit Marion. C'est l'essentiel. Même si Yanne ne pense pas que le genre musical soit important dans cette affaire.

– Ma Yanne est bougon, a dit Camille en la prenant par les épaules. Allez, on a encore quelques semaines jusqu'à la rentrée pour répéter une choré et épater ta mère quand elle rentrera.

– Bah, j'ai passé l'âge de vouloir épater ma mère, a soupiré Yanne.

– On ne passe jamais cet âge-là, a dit Marion. Toute sa vie on continue à vouloir faire plaisir à sa mère, à vouloir qu'elle soit heureuse et fière de nous. C'est étrange, du reste, de prendre conscience de l'importance de cet aspect de nous, ce petit moi qui ne cesse jamais de vouloir être à la hauteur. Même lorsque notre mère n'est plus là, quelque chose perdure, mais je serais incapable de mettre les mots dessus…

– Un regard de là-haut ? a demandé Nana.

– Peut-être un truc de ce genre, a reconnu Marion. Comme si je pouvais encore la rendre heureuse dans son au-delà.

– J'y crois, moi, a dit Yanne. Nous ne voyons qu'une toute petite partie de ce qu'il y a à voir autour de nous.

Alors pourquoi les esprits n'existeraient-ils pas ? Il n'empêche, ça fout les jetons, cette histoire de présence qui perdure.

– Pourquoi ? a demandé Chloé.

– Parce que si c'est vrai, ça veut dire que maman va garder un œil sur nous éternellement !

– J'aime bien cette idée, finalement, a dit Chloé.

« Think »
(Aretha Franklin)

Ce qui est lourd : le roman, la phrase, la réflexion
Ce qui est léger : la poésie, les mots, l'étincelle

Mes dernières notes, je ne leur donnerai pas à lire. J'ai terminé l'histoire que je voulais écrire, l'histoire destinée à me rendre légère, à me faire tenir le coup jusqu'à ma sortie de l'hôpital, à les faire tenir elles aussi. C'était mieux que de devoir leur donner quotidiennement des nouvelles de ma fatigue, et mieux pour moi que de ruminer ou de regarder la télévision. Qui aurait cru que je rentrerais chez moi, ou plutôt dans cette maison qui fut celle de mes parents et de mes grands-parents, à présent de mes enfants et petits-enfants ? Chez moi n'est plus une notion qui a grande importance, sachant que la prochaine demeure qui m'appartiendra en propre sera une boîte oblongue dans laquelle je me tiendrai seule pour l'éternité.

Ce que je ferai lorsque je serai rentrée chez eux ? Je l'ignore.

Ce qui est lourd : les certitudes, l'immobilité, la terre

Ce qui est léger : le doute, le mouvement, l'air

J'irai danser peut-être, tourbillonner. Réaliser le fantasme de mon histoire, non, je ne crois pas.

Ce qui est lourd : posséder, diriger, gérer

Ce qui est léger : donner, voyager, être libre

Il me semble que ce qui a pesé sur moi, c'est ce besoin de tout garder sous contrôle. Comme une table de pique-nique un jour de grand vent, il y avait toujours un élément qui cherchait à s'échapper, et mon acharnement était vain. Nous ne pouvons rien retenir. J'aurais dû admettre beaucoup plus tôt que la vie avance comme l'eau coule, que rien ne nous appartient, ni les choses, ni les êtres, ni même nos sentiments, nos émotions ou notre propre corps. Nous ne pouvons que nous soumettre, accompagner, habiter, emprunter, transmettre.

Ce qui est lourd : conserver, garder, collectionner
Ce qui est léger : nettoyer, vider, laisser couler

Pour autant, certains aspects de nos vies nous appartiennent, à commencer par nos choix, si tant est que nous acceptions d'en faire. Choisir, décider, changer nous rend libres, par conséquent légers. Je peux choisir, contrairement à ma mère, de ne pas avoir de maison, juste une chambre chez Chloé à Breuil, une chambre chez Yanne à Rennes. Leur donner à chacune le toit qui les protège, aller de l'une à l'autre, disparaître à l'occasion, loin, là où le vent est chaud et le ciel teinté de jaune.

Ce qui est lourd : la grisaille, le vin, les écrans
Ce qui est léger : le soleil, les cocktails, les amis

Nous pouvons décider de laisser des traces : nos enfants, nos écrits, nos leçons de morale, nos constructions, nos affaires, nos noms, nos cris. Ou au contraire de nous évaporer sans bruit, abandonner nos émanations avant qu'elles ne nous abandonnent. Où trouver le courage de lâcher ce que nous avons si chèrement amassé ? Est-ce là le sens de la carte « Party time » que Yanne m'a fait tirer ? Je n'ai jamais pensé qu'il s'agissait de faire la fête au sens propre – la fête à répétition est un étourdissement qui n'a rien de léger – plutôt de chercher ce qui pourrait être festif dans chaque moment. Parfois ça paraît impossible, comme se morfondre seule dans une chambre stérile ou récupérer après un infarctus lorsque la famille n'est pas autorisée à vous rendre visite. Et pourtant il faut trouver, faire de ce rien un pas grand-chose, c'est déjà ça, un souffle d'air qui entre dans la chambre, un rayon de soleil traversant la vitre, un oiseau sur le rebord de la fenêtre. J'aimerais pouvoir ajouter un souvenir joyeux. Les souvenirs peuvent-ils être joyeux ? S'ils sont à l'état de souvenirs, c'est qu'ils surnagent dans le magma du temps, là où la joie s'est transformée en deuil.

Ce qui est lourd : la nostalgie, le sentiment de perte, le regret
Ce qui est léger : l'oubli, la plénitude, la satiété

J'espérais vivre mon histoire, danser dans ma tête, boire le champagne des rêves. Les images m'ont maintenue en vie mais les mots m'ont échappé dès que j'ai posé les trois lettres de FIN.

« Alexandrie Alexandra »
(Claude François)

S'il suffisait de se déposséder pour quitter la pesanteur du monde matériel, les pauvres seraient les personnes les plus heureuses du monde. Or ce n'est pas le cas, hormis quelques exceptions comme les moines bouddhistes. Le degré d'évolution de ceux qui sont parvenus à atteindre la légèreté la plus absolue n'est pas reproductible pour le commun des mortels. Ce n'était sans doute pas un hasard si la philosophe Simone Weil avait intitulé son essai *La Pesanteur et la Grâce* –, et non *La Pesanteur et la Légèreté* comme il eût été logique de le faire. Car parvenir à planer au-dessus du monde matériel est effectivement une disposition spirituelle, une grâce, un « don du ciel », comme dit l'expression à défaut de pouvoir définir l'entité qui nous dépasse ; ce n'est pas cette légèreté péjorative que l'on nous enseigne depuis l'enfance : femme légère = salope, repas léger = inconsistant, roman léger = aussi vite lu aussi vite oublié. Ainsi Soizik, par sa quête, sa réflexion, n'a déjà plus aucune chance d'atteindre son but. Par définition, la grâce est offerte, c'est un « don gratuit », pour reprendre l'apparent pléonasme bien connu, or un cadeau ne se conquiert pas, il vous tombe dessus. Cela ne signifie pas qu'elle n'ait rien compris à son aventure intérieure, loin de là. Toutefois elle se trompe en envisageant une solution simpliste. Elle ne viendra pas à bout de la pesanteur en se défaisant de tout – ses maisons, ses biens, ses liens –, en errant sur la terre comme le mat, la carte sans numéro des tarots. Tôt ou tard, elle finirait par écrire :

Ce qui est lourd : la solitude, l'absence de but, l'absence d'amour

Ce qui est léger : aimer, être aimé, aimer qui nous aime, être aimé par qui nous aimons

Sans doute n'était-il pas nécessaire d'en passer par l'écriture d'un roman pour comprendre ce que chacun sait déjà, y compris Soizik.

Ce qui est lourd : l'envie, l'insatisfaction, la frustration

Ce qui est léger : le désir, la satisfaction, aimer ce que l'on a déjà

Soizik a une famille, deux filles raisonnables pour lesquelles elle n'a pas à s'inquiéter de manière déraisonnable, deux petites-filles qui suivent les mêmes traces, deux amies, l'une très ancienne, l'autre plus récente, qui toutes les deux sont parvenues à trouver leur forme de légèreté. Cela devrait suffire à son bonheur. Ce qu'elle fera après, elle le découvrira en rentrant à Breuil, lorsqu'elle constatera que le *Dancing Queen* est devenu une réalité sans qu'elle ait eu d'autre souci que de le concevoir sur le papier. Elle s'estimera heureuse d'être ainsi portée par la génération qui monte. Elle saura que la légèreté est un phénomène physique tout autant que psychologique : être porté par d'autres aide à ne plus sentir son propre poids.

Ce vendredi, avant qu'Éric aille chercher Soizik, tout le monde a répété une chorégraphie sous la houlette de Marion. Le choix de la musique s'est imposé à Chloé Alexandra, ainsi nommée en mémoire de sa grand-mère paternelle, et à Yanne Alexandrine, référence à son arrière-grand-mère maternelle Alexandrine Callac, la première à avoir habité cette maison. Lucie et Gwenola, Marion et Nana, Mickaël et Éric s'y sont mis avec plus ou moins de grâce. Les répétitions ont suscité tant de rires que l'on peut affirmer que, du point de vue de la performance, la légèreté n'a pas besoin de grâce pour exister.

« Mamma mia »
(ABBA)

– Ce matin, un sanglier a traversé le jardin du presbytère, c'est paraît-il la première fois qu'on en voit un jusque dans le village, a dit Éric en démarrant la voiture.

– Ils se rapprochent sans cesse et prolifèrent mais un jour, pffft, ils disparaîtront comme ils sont venus.

– J'aime ton optimisme, chérie So, mais je crois qu'aucun problème ne disparaît de lui-même. Rien ne s'opère sans effort.

– C'est un poncif qu'on nous enseigne depuis toujours, tu ne penses pas que nous devrions nous en libérer ?

– Tu as toujours été la première à décréter qu'on n'avait rien sans rien.

– C'est bien ce que je dis, je dois me sortir de cette vision doloriste de l'existence. Certaines personnes font beaucoup d'efforts pour peu de résultats tandis que d'autres obtiennent tout sans difficulté. S'il est bien une chose que la vie m'a apprise, c'est qu'il n'existe aucune justice. Tout est question de confiance. Mes parents m'ont enseigné à n'avoir confiance en rien ni en personne et surtout pas en moi. Aussi ai-je passé ma vie à me border de toutes parts pour être certaine de n'être jamais à découvert, de n'avoir aucune mauvaise surprise.

– Et, du reste, tu n'as pas eu de mauvaises surprises, hormis tes problèmes de santé directement liés à ton tabagisme effréné.

– Je sais que tu as raison, a soupiré Soizik. J'aurais tellement voulu qu'il en soit autrement. La seule chose que j'ai laissée au hasard, la cigarette, m'est revenue en boomerang. C'est bien pour cela qu'il ne peut guère y avoir de légèreté sur cette terre.

– Détrompe-toi. De la légèreté, tu vas en avoir, ou plutôt de la joie – ce sera à toi de déterminer si elle est lourde ou légère. Et ce ne sont pas tes quatre cents paquets de cigarettes annuels que l'on peut qualifier de hasard.

– Certaines personnes fument sans en subir les conséquences.

– Rarement à un tel niveau d'acharnement.

– Bien, je m'incline. De toute façon, je ne fume plus et n'ai pas bu une goutte d'alcool depuis des mois. Je suis devenue irréprochable. J'ai même perdu du poids.

– Tu es parfaite, je vais pouvoir te réépouser.

– Vraiment ?

– Pourquoi pas ? Tu as de meilleurs projets d'avenir ?

– Je ne sais pas encore, je suis dehors depuis si peu de temps. Laisse-moi m'habituer à la liberté avant de chercher à m'emprisonner dans de nouveaux liens.

– Ce n'est pas très gentil, mais soit, j'attendrai. Tes filles ont une surprise pour toi.

– Elles ont réussi à cuisiner ensemble ? Un tagine aux œufs et à la tomate ?

– Tu n'es pas si loin, la réponse se trouve effectivement dans ton roman.

– Elles ont répété une choré sur une musique disco ?

– Tu brûles. Tiens, regarde dans la boîte à gants, tu trouveras une enveloppe.

Soizik passa une main dans ses cheveux blancs qui avaient repoussé en brosse en ouvrant de l'autre la boîte à gants. Dans l'enveloppe, une invitation au *Dancing Queen*, au 28, route de Montfort à Breuil, donnant droit à une consommation gratuite. Interdite, elle émit un petit rire gêné :

– C'est une plaisanterie ?

– Non, c'est Chloé qui a suivi tes instructions à la lettre depuis des mois. Elle n'était pas seule : Mickaël, Yanne et toute l'équipe de ton histoire se sont montrés incroyablement à la hauteur. Maintenant, tout ressemble à ton roman. Et tu n'as rien eu à faire d'autre que d'écrire tes désirs.

– Tu vois qu'on peut obtenir de grands bonheurs

sans effort ! a fait remarquer Soizik avant de porter la main à la poitrine.

– Ça va ? Tu ne vas pas nous refaire une crise cardiaque ?

– Ça m'en coupe le souffle mais non, je devrais tenir. Et toi, tu les as aidés ?

– J'aimerais te dire que oui, mais ils ne m'ont informé qu'une fois les travaux terminés, pour moi aussi ça a été tout cuit dans le bec. Tu verras, l'ambiance est du tonnerre !

– Pourquoi ne m'a-t-elle rien dit ?

– Aucune idée. Elle craignait peut-être de ne pas y arriver, ou bien que tu tentes de l'en dissuader, ou que tu mettes ton nez dans ses choix.

– Et Yanne sert au bar ? Et sa copine Camille fait DJ ?

– Exact. Et Marylène et Rudy s'occupent du bistro en semaine et de la boîte le week-end.

– Et moi qui ne sais pas danser…

– Tout de suite les grands mots ! Tu peux apprendre. Marion est très douée pour enseigner les chorés et Nana ne demande pas mieux que de répéter avec toi. Toi aussi tu peux être une Disco Queen.

– J'ai du mal à y croire.

– Je ne sais pas de qui elles tiennent, mais nos filles sont exceptionnelles. Tu te sens d'attaque pour aller en boîte ce soir ?

– Pourquoi pas ? Ça fait neuf mois que je m'y prépare, ce sera comme une renaissance.

Soizik aurait voulu visiter le bar et la discothèque dès son arrivée mais les filles l'ont accaparée, embrassée, câlinée, emmenée dans sa nouvelle chambre.

– Si tu regrettes la suite parentale, tu n'hésites pas à nous le dire, a insisté Chloé.

– Mais non, au contraire, j'adore la chambre d'amis, je n'y ai presque aucun souvenir, c'est parfait. Et j'aime que nous dormions tous au même étage, que les filles soient désormais dans les pièces jumelles. C'est vous les maîtres de maison à présent. Il y a un souci tout de même pour ce soir…

– Lequel ? a demandé Chloé, inquiète.

– Je n'ai rien à me mettre.

Chloé a éclaté de rire.

– Si tu crois que nous n'avons rien prévu ! J'ai retenu de ton récit qu'il valait mieux éviter la robe en lamé, donc nous t'avons trouvé un magnifique ensemble souple tunique-pantalon blanc et or. Mais nous allons dîner d'abord, c'est plus sage. Ça ira ? Tu tiendras le coup jusqu'à vingt et une heures ?

– Arrêtez de me poser des questions infantiles ! Bien sûr que je peux tenir, même jusqu'à minuit ! On en est où avec le Covid ?

– Les masques ne sont plus obligatoires depuis des mois. La pandémie est terminée, semble-t-il. Si nous n'étions pas en guerre, nous pourrions presque penser que nous sommes heureux.

– Ça explique sans doute l'immense succès du *Dancing Queen*, est intervenue Yanne qui venait d'arriver en haut des marches. Sous les bombes, danser c'est ce qu'on peut faire de mieux, et les gens le savent. Ils veulent en profiter avant que tout ne soit terminé pour de bon.

– Je ne suis pas sûre qu'il faille se réjouir de cette situation, a soupiré Soizik.

– Écoute, maman, la guerre, nous n'y pouvons rien. En revanche, la distraction, c'est notre rayon, alors nous agissons dans le domaine sur lequel nous avons un pouvoir.

– « Occupons-nous des choses qui dépendent de nous et oublions celles qui ne dépendent pas de nous », a cité Soizik. Les stoïciens n'avaient pas forcément en tête de faire la fête mais pourquoi pas, ce n'est pas une occupation vaine. En attendant, je vous suis pour le dîner.

Plus tard, en se regardant dans la psyché installée dans sa salle de bains, Soizik a peiné à se reconnaître. Cette femme en blanc ressemblait à une apparition presque fantomatique : ses cheveux courts, drus et blancs, alors qu'elle avait été toute sa vie une brune aux boucles mi-longues, lui donnaient l'impression d'être devenue une autre, plus forte, plus souple, plus cool.

Elle n'avait plus de doute sur sa capacité à danser, comme si une énergie nouvelle était entrée en elle. Elle n'avait plus rien à perdre, plus aucune image à protéger, elle pouvait se donner le droit de devenir qui elle voulait, y compris une vieille qui danse le disco avec tant de cœur qu'elle ne saurait être ridicule.

Lorsqu'elle sortit dans la cour, une foule d'inconnus, massée devant le perron, se mit à applaudir. Elle repéra la grande pancarte qui disait en lettres scintillantes : « Bienvenue à notre Disco Queen ». Cette frénésie la transporta dans une nouvelle dimension. Dans cet état second, elle se laissa entraîner par ses filles à travers le salon-bar, si conforme à ce qu'elle avait imaginé. La musique la portait. Les noctambules s'écartaient devant elle comme pour lui faire une haie d'honneur. Lorsqu'elle fut parvenue sur la piste de danse, Yanne chuchota à son oreille :

– Maintenant, maman, ferme les yeux.

Une fraction de seconde plus tard, Soizik entendit un murmure s'élever jusqu'à devenir clameur.

– Maman, ouvre les yeux, a dit Chloé qui l'avait rejointe.

Là, descendant l'escalier, la silhouette familière de l'acteur américain, son pantalon moulant, sa chemise à paillettes, presque aussi svelte que jadis.

– Travolta, Travolta, Travolta…, répétait l'écho qui passait entre les clients ébahis du *Dancing Queen*.

– Non ! fit So en écarquillant les yeux.

– Si, vas-y, il t'attend, dirent Yanne et Chloé en même temps.

John Travolta esquissa des pas de danse vers la reine de la soirée, avec un déhanché impeccable. Il tendit les mains vers elle, en mettant un genou à terre, puis l'entraîna sur la piste. La dernière chose qu'elle entendit avant de se laisser aller dans sa bulle de rêve :

– *My beautiful Disco Queen.*

DE LA MÊME AUTEURE

Aux Éditions Albin Michel

SOLEDAD, 2000.

UNE TRAVIATA, 2001.

NON, MA MÈRE N'EST PAS UN PROBLÈME, 2002.

LA CONSTANTE DE HUBBLE, 2003.

TU N'ES PAS SEUL(E) À ÊTRE SEUL(E), 2005.

CET EFFRAYANT BESOIN DE FAMILLE, 2006.

LE PRIVILÈGE DES RÊVEURS, 2007.

CENT ROMANS DE PREMIÈRE URGENCE POUR (FRESQUE) TOUT SOIGNER, 2008.

DANS LA TÊTE DE SHÉHÉRAZADE, 2008.

L'ŒIL DU CYCLONE, 2009.

QUE TOUS NOUS VEUILLE ABSOUDRE, 2010.

LA MÉMOIRE DU MONDE, 3 tomes, 2013-2014, prix Renaudot Poche 2016.

DIEU EST AVEC VOUS… (SOUS CERTAINES CONDITIONS), première édition Bayard, 2007, coll. « Espaces libres », 2015.

NEWLAND, 2016.

FALLEN ANGEL, 2017.

LE RÉVEIL DES SORCIÈRES, 2020.

L'ÎLE DU DOCTEUR FAUST, 2021.

Aux Éditions Zulma

LES MATRIOCHKAS, 1996.

DES PROFONDEURS…, 1997.

SALAM, 1999.

ULYSSE, 2000.

Retrouvez toute l'actualité des éditions Albin Michel
sur notre site albin-michel.fr
et suivez-nous sur les réseaux sociaux !
Instagram : editionsalbinmichel
Facebook : Éditions Albin Michel
Twitter : AlbinMichel

Composition : IGS-CP
Éditions Albin Michel
22, rue Huyghens, 75014 Paris
www.albin-michel.fr

ISBN : 978-2-226-48037-8
N° d'édition : 25267/01 – N° d'impression : 2067909
Dépôt légal : janvier 2023
Imprimé en France